세상에서 가장 쉬운

하고 싶은 일 찾는 법

인생의 막막함에서 해방되는 자기이해 방식

세상에서 가장 쉬운 하고 싶은 일 찾는 법

야기 짐페이 지음
장혜영 옮김

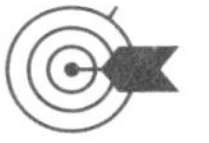

The world's easiest way to find what you want to do

소미미디어
Somy Media

흔들리지 않는 **자신의 축**을 찾는다

이 일을 계속해도 괜찮을지 잘 모르겠어.
앞길이 막막해…….

뭔가 하고 싶은데, 뭘 하고 싶은 건지
잘 모르겠어…….

혹시 지금 이런 고민을 안고 있는지요. 그렇다면 이 책이 여러분의 그런 고민 해결에 도움이 될지도 모르겠습니다.

과거의 저 역시 비슷한 고민을 안고 살았습니다. 하고 싶은 일이 뭔지도 잘 모른 채 그저 침대에 드러누워 스마트폰으로 동영상이나 들여다보는 무기력한 나날을 보내고 있었습니다. 물론 그런 자신을 바꾸고 싶어 무언가 해보려는 생각은 했었습니다. 하지만 뭔가 하고 싶어도 뭘 해야 좋을지 몰라 넘치는 에너지를 의미 없는 행동으로 소모했었던 것 같습니다.

그랬던 시절부터 현재에 이르기까지 제가 익히고 실천해온 것들을 체계적으로 정리한 것이 바로 이 책입니다.

지금은 아침에 눈을 뜨면 "오늘도 하고 싶은 일을 해야지!"라는 생각

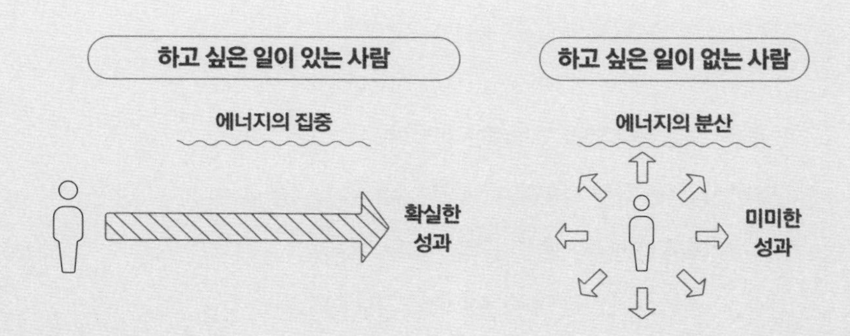

에 가슴이 설레고, 낮에는 하고 싶은 일에 몰두하고, 밤에는 "아아, 오늘도 보람찬 하루였어!"라고 충족감을 느끼며 잠자리에 들 수 있게 되었습니다. 그렇다고 해서 '나'라는 사람이 바른 생활을 하는 그 어떤 누군가로 변한 것이 아닙니다. 단지 자신의 에너지를 쏟을 수 있는 '하고 싶은 일'을 찾았을 뿐입니다.

이 책을 손에 든 여러분도 어쩌면 과거의 저와 같은 상황일지도 모르겠습니다. 아마도 아직 자신이 가진 가능성에 눈뜨지 못한 상태일 수 있습니다. 이제 자신의 에너지를 쏟을 곳만 찾아낸다면 여러분의 인생은 극적으로 달라지기 시작할 겁니다.

지속 성장하는 무한연결고리를 만든다

이 책의 중요한 포인트는 '하고 싶은 일'을 통해 지속적으로 성장하는 무한한 연결고리를 만들어내는 것입니다.

- **자신이 하고 싶은 일을 공부하고 성장한다.**
- **공부한 내용을 다른 사람에게 제공해 수익과 공감을 얻는다.**
- **그렇게 해서 생긴 수익을 다시 배움에 투자한다.**
- **한층 더 성장한 스킬로 더 높은 수익을 창출한다.**

이런 선순환을 만들어내는 것이 이 책의 목적입니다. 이 무한연결고리에 들어가기 위해 가장 중요한 것이 '하고 싶은 일을 찾는 작업'입니다. 하고 싶은 일이 아닌 다른 일을 직업으로 삼게 되면, "지금보다 월급 더 주고 직원 복지도 좋은 더 나은 일자리를 찾아야 하지 않을까?" "알바나 주식, 부업 같은 걸 병행해야겠어."라는 생각이 항상 마음속에 남아 한 곳에 집중하지 못하게 합니다.

한편 '하고 싶지 않은 일'을 직업으로 삼으면 두 가지 악순환에 빠져버립니다.

첫째 일 자체가 스트레스이기에, 그 스트레스를 해소하기 위해 돈을 쓰게 된다는 것입니다. 어영부영 사람들과의 모임에 가고, 유흥에 돈을 쓰고, 필요하지도 않은 명품을 사는 등 돈 나갈 곳이 많아집니다.

둘째는 일에 흥미가 없기 때문에 시간이 있어도 더 배우려 하지 않아 성장이 없는 삶이 됩니다. 퇴근 후 집에서 스마트폰을 붙잡고 동영상만 들여다보며 생산성 없는 시간을 보내는 사람이 되기 쉽습니다. 그리고 요즘은 시간 때울 만한 콘텐츠가 무척 많기 때문에 하고 싶은 일이 명확하지 않은 사람은 무한정 시간을 빼앗기게 됩니다.

이 두 가지 패턴으로 인해 하고 싶은 일을 직업으로 삼지 못한 사람은 성장이 멈추는 인생을 살게 되는 것입니다. 더 나아가 처음부터 재미없던 일은 시간이 지나며 더 싫어지는 일이 되어, 이른바 '마이너스 연결고리'에 빠지게 됩니다. 혹시 여러분도 이 마이너스 연결고리에 빠져들고 있지는 않은가요?

하고 싶은 일을 찾지 않으면 성장하는 인생을 살 수 없다

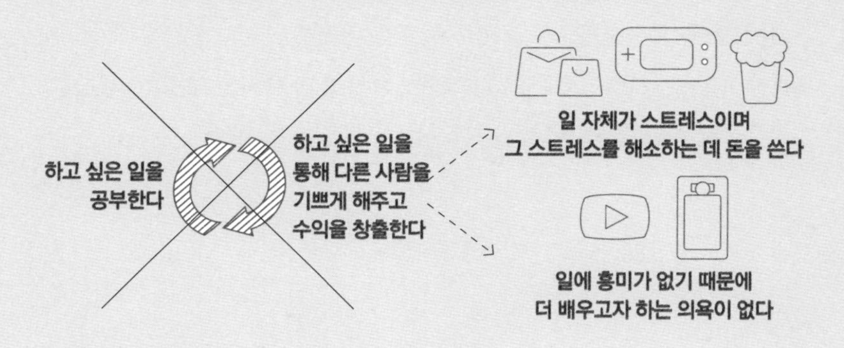

하고 싶은 일 찾기는 **가치 있고** 누구나 찾을 수 있다

"그래봤자 나에겐 그렇게 열중해서 하고 싶은 일이 없을 것 같아."라고 생각하는 사람이 의외로 많을지 모르겠습니다. 과거의 저 역시 그렇게 생각했고, 상담하러 오는 고객도 처음엔 모두가 그렇게 말했으니까요.

하지만 안심하세요. 하고 싶은 일 찾기는 전혀 어려운 게 아닙니다. 수학 문제를 푸는 것과 마찬가지로 하고 싶은 일을 찾는 데도 공식이 있습니다. 이것을 '자기이해 방식method'이라고 부르겠습니다.

자기이해 방식에 따라 자신이 하고 싶은 일 찾기를 끝낸 고객은 처음 만났을 때와는 완전히 딴사람처럼 안색이 밝아지고 "이게 제가 하고 싶은 일이에요!"라고 자신 있게 말할 수 있게 되어 자기 생활에 충실해지기 시작합니다. 그렇게 극적으로 변화해가는 고객을 보고 이렇게 확신했습니다. 사람들은 하고 싶은 일이 없는 게 아니라 하고 싶은 일을 제대로 찾는 법을 모를 뿐이라고.

이 책에서는 먼저 CHAPTER 1에서 하고 싶은 일 찾기를 방해하는 5가지 오해라는 제목으로, 하고 싶은 일을 찾지 못하는 5가지 실패 패턴을 다루었습니다. 그리고 그 후에 자기이해 방식을 설명하고, 여러분만의 하고 싶은 일을 자기 안에서 찾아낼 수 있도록 도울 것입니다.

다른 고민도 해결되는 근본적인 방식이다

이 책은 특별한 사람만이 사용할 수 있는 어떤 테크닉을 다룬 것이 아닙니다.

취업 준비생, 사업가, 프리랜서, 이직을 준비하는 사람 등 자신의 일을 한층 더 몰입할 수 있는 것으로 바꾸고 싶은 사람이라면 누구나 효과적으로 활용할 수 있습니다. 왜냐하면 취업도, 독립도, 사업도, 이직도 전부 하고 싶은 일을 실현하기 위한 수단일 뿐이니까요.

그러니 그 무엇보다 우선해야 할 것이 여러분이 하고 싶은 일 찾기입니다.

먼저, 일하는 형태에 집착할 필요는 전혀 없습니다. 현재의 일을 하면서, 주된 고객으로 취업을 준비하는 대학교 3학년 학생, 아르바이트생, 사업가, 이직을 준비하는 직장인, 주부 등 다양한 분들이 있는 게 특징입니다. 그것은 어느 세대, 그 누구나 활용할 수 있는 일의 본질을 이해한 방식을 제안하기 때문일 겁니다. 그동안 저 스스로 실천해왔고 연간 수백 명의 고객의 하고 싶은 일 찾기를 도와 결과가 입증된 방식입니다.

더 놀라운 것은 자기이해 방식을 사용하여 하고 싶은 일 찾기를 실천하는 동안, 일 외에도 인간관계나 건강 등 다른 고민도 함께 해결된다는 것을 체험하게 됩니다.

이 책에서 제시한 방법을 실천하고 성과를 낸 사례를 일부 소개하겠습니다.

- 21살 때부터 7년이나 찾아 헤맨 '진짜로 하고 싶은 일'을 찾았습니다. (20대 남성, IT컨설턴트)

자기이해를 하기 전에는 이렇게 살아도 되나 싶을 만큼 답답한 마음이 있었습니다. 여러 책을 통해 제가 하고 싶은 일을 찾아도 봤지만, 결국 진짜로 하고 싶은 일은 찾을 수 없었습니다. 자기이해 방식을 배워서 하고 싶은 일을 찾을 수 있었던 건 체계적인 구성이 큰 요인이 되었다고 생각합니다. 공부하면서 충분히 공감할 수 있었습니다.

- '자기이해'가 새 인생을 안겨주었어요. (20대 여성, 레스토랑 근무)

나 자신을 알기 전에는 항상 남의 눈을 의식해 처신하곤 했습니다. 하지만 이제는 가치관이 명확해지면서 주관이 뚜렷해졌고, 나 자신으로 살 수 있게 되었습니다. 그 결과 주위에 정말 소중한 사람만 있는 이상적인 상태에 가까워졌습니다. 건강 면에서도 크게 달라졌습니다. 자율신경 기능이상 진단을 받은 뒤로, 매사 부정적인 생각부터 할 때가 많았습니다. 그런데 나 자신에 대해 알고 난 뒤로는 꿈꾸는 미래가 명확해져서 매일매일 조금씩 앞으로 나아가고 있다 느끼며 가슴 설레는 일이 많아졌습니다.

하루빨리
인생의 막막함에서 해방되기를 바라며

하고 싶은 일 찾기는 최대한 빨리 끝내야 한다는 것이 제 생각입니다.

왜냐하면 사람은 나이를 먹을수록 외부의 기대로 생겨난 '해야 할 일'에 얽매이게 되기 때문입니다. 사회 구성원으로서, 직장의 상사, 혹은 직원으로서, 부모 또는 자식으로서 해야 할 일 등 말입니다.

하고 싶은 일을 찾으려 할 때, 이 해야 할 일들이 핑계가 되어 발목을 잡게 됩니다. 한편, 하고 싶은 일이 명확한 사람은 그런 해야 할 일들을 강요받았을 때 단호하게 "NO!"라고 말할 수 있습니다. 왜냐하면 '자신에게 필요한 일'과 '그렇지 않은 일'을 이해하고 있기 때문입니다.

하고 싶은 일이 명확한 사람은 자신에게 필요한 스킬과 지식을 익혀 점점 더 자유로워집니다. 반면, 해야 할 일에 얽매인 사람은 상식의 굴레에 갇혀 점점 더 자유를 잃어갑니다. 그리고 "학창시절이 제일 좋을 때니까 지금 실컷 놀아둬라!"라고 젊은이들에게 조언하기 시작합니다. 개인적으로 이런 말을 좋아하지는 않습니다. 부디 이 책을 손에 든 여러분은 그렇게 되지 않기를 바랍니다.

하고 싶은 일에 열정을 쏟으며 '인생은 살면 살수록 더 즐겁다.'라는 것을 직접 보여주기 바랍니다. 다른 사람보다 백배나 똑똑한 사람은 없습니다. 하지만 다른 사람에 비해 월등한 성과를 내는 사람은 있습니다. 왜일까요? 그것은 자신 안의 에너지를 사용하는 방법을 다른 사람보다 잘 알기 때문입니다.

잘나가는 사람은 에너지를 한 방향에 집중시킵니다. 명확한 인생 목적을 찾았기 때문에 남의 말에 휘둘리는 일이 없습니다. 또한 자신이 그 목적을 위해 도움이 되는 어떤 강점을 지니고 있는지도 알고 있습니다. 그러므로 하기 싫은 일을 계속하다 번아웃 되는 일도 없습니다.

또 열심히 노력하는 게 아니라, 순수한 호기심에 따라 움직입니다. 따라서 마지못해 어떤 일에 매달리는 경우가 없으며, 다른 사람보다 행동력이 있습니다.

다시 말해 성과를 내는 사람은 자기 자신을 활용하는 방법을 아는 것입니다. 하지만 이는 특별한 게 아닙니다. 누구나 이제부터 배울 수 있는 기술입니다. 여러분은 그것을 지금 이 책을 통해 익히려 하고 있습니다. 남은 인생 속에서 자기 자신과 가장 마주하기 쉬운 순간은 바로 지금입니다.

매일 하고 싶은 일을 하면서 설렘을 느끼고, 성장하고, 그 일을 통해 다른 사람을 기쁘게 해주고 수입도 늘어나는, 그런 성장 연결고리로 여러분을 안내하겠습니다.

야기 짐페이

차례

CHAPTER 03 가장 빠르게 하고 싶은 일 찾기를 달성하는 공식 자기이해 방식

CHAPTER 04 인생을 이끄는 나침반, **소중한 것**을 찾는다

CHAPTER 05 **잘하는 것**만 찾으면 뭐든지 직업이 될 수 있다

CHAPTER 06 좋아하는 것을 찾아서 노력과 작별한다

CHAPTER 07 진짜로 하고 싶은 일을 정하고 진짜 자신으로 산다

CHAPTER 08 인생을 극적으로 바꾸는 자기이해의 마법

How to find what you want to do.

CHAPTER 01

하고 싶은 일 찾기를 방해하는 5가지 오해

앞으로 '자기이해 방식method'을 설명하기 전에, 먼저 '하고 싶은 일' 찾기에 관한 몇 가지 오해를 짚고 넘어가고자 합니다. 이제부터 설명할 5가지 오해를 품은 채로 하고 싶은 일 찾기를 진행한다면, 제대로 된 성과는 얻지 못할 수 있기 때문입니다.

그런데 의외로 이런 오해에 빠져있는 사람이 매우 많습니다. 이 5가지 오해만 풀어도 하고 싶은 일이 보이는 사람이 있을 정도입니다. 그 정도로 이 고정관념은 강력합니다. 하고 싶은 일 찾기를 위한 자기이해 방식을 설명하기 전, 먼저 이 오해를 없애지 않으면 찾을 수 있는 것도 못 찾게 됩니다. 자, 그럼 함께 오해를 하나씩 제거해 봅시다.

오해 1 평생 할 수 있는 일이어야 한다

혹시 "평생 하고 싶은 일을 찾겠어!"라고 의욕을 불태우고 있나요?

먼저, 하고 싶은 일을 찾는 단계에서 '이걸 평생의 직업으로 삼아야지.'라는 생각은 위험하다고 봅니다.

우리가 찾는, 하고 싶은 일은 '지금 가장 하고 싶은 일'이면 충분합니다. 현재의 20대는 50%의 확률로 100살까지 산다고 합니다. 그런 시대에 평생 동안 흥미를 가질 수 있는 단 한 가지 일을 굳이 찾을 필요가 있을까요? 그리고 이 사회는 해가 갈수록 빠르게 변화합니다. 아이폰이 탄생한 게 불과 10년 전의 일입니다. 그런 시대에 하고 싶은 일을 한 가지만 고집하는 것은 오히려 리스크일 뿐입니다.

과거 사회에서는 '계속'이 미덕이었을지도 모릅니다. 하지만 지금 시대의 키워드는 '변화'입니다. 한 곳에서 계속 버티기보다는 사회의 변화에 맞춰 유연하게 사는 시대로 변했습니다. 한 번 하고 싶은 일을 정해도, 연관된 다른 분야에 흥미가 생기는 일도 있을 것입니다. 그때는 재빨리 일하는 분야를 바꾸는 것도 좋다고 생각합니다. 그때까지 일한 분야에서 배운 것들은 다음번 하고 싶은 일에 착수할 때 반드시 도움이 될 것입니다.

가장 위험한 건 하고 싶은 일이 아무것도 없이 타성에 젖어 매일을 사는 것입니다. 설사 그래도 "평생 할 수 있는 일을 찾고 싶어!"라고 하는 경우에도, 그 시작 지점은 지금 가장 하고 싶은 일입니다.

지금 가장 하고 싶은 일을 매일 하면서 죽을 때까지 싫증 내지 않고 한다면, 결과적으로 그것이 평생 하고 싶은 일이 된다고 생각합니다.

POINT

오해 : 평생 할 수 있는 일이어야 한다.

진실 : 지금 가장 하고 싶은 일을 하면 된다.

오해 2 처음부터 **운명적인 느낌**이 있다

하고 싶은 일을 찾았을 때는 운명적인 느낌이 들기 때문에 저절로 알 수 있다는 생각도 하고 싶은 일 찾기를 방해하는 강력한 요인이 됩니다.

실제로 하고 싶은 일을 발견해도, 처음에는 "흐음, 재미있겠는걸." 하는 정도의 흥미 수준인 경우가 대부분입니다.

사실 자기이해 방식을 만들게 되었을 때 "바로 이거야!"라는 충격이 있었던 게 아니라, "오, 좀 재미있는데."라고 느끼는 정도였습니다. 그 흥미를 직업으로 삼아 파고드는 동안 스스로 생각하고, 성장하고, 사람들에게 감사 인사를 받으면서 "이게 바로 내가 하고 싶은 일이야."라고 느끼게 된 것입니다. 처음부터 "이게 내 천직이야!"라고 느낀 건 아닙니다.

이것을 뒷받침하는 연구가 있어서 소개합니다. 인도의 라자스탄 대학교에서 연애결혼과 맞선결혼 중 어느 쪽이 더 만족도가 높은지를 조사한 연구가 있었습니다.

그 결과, 결혼 1년 이내인 경우의 만족도는 연애결혼 70점, 맞선결혼 58점으로 연애결혼이 더 높았지만, 장기적인 만족도는 연애결혼 40점, 맞선결혼 68점으로 만족도가 역전되는 결과가 나왔습니다.

왜 이런 결과가 나왔을까요? 이 연구에서는, 연애결혼의 경우 자연스럽게 잘될 거라는 전제로 결혼했기 때문에 서로의 노력이 부족해진 탓에 결혼에 대한 만족도가 떨어진다. 맞선결혼의 경우는 잘될지 말지 알 수 없다는 전제로 시작해 서로에게 다가가려고 노력하기 때문에 만족도가 높아진다고 분석하고 있습니다. 다시 말해 '애정은 처음부터 존재하는 것'이라는 입장인 연애결혼이냐, '애정은 함께 키워가는 것'이라는 입장인 맞선결혼이냐의 차이입니다.

이것은 하고 싶은 일을 찾을 때도 마찬가지입니다. '하고 싶은 일은 어딘가에 존재하는 것'이라고 생각하는 사람과, '하고 싶은 일은 시행착오를 겪으며 키워나가는 것'이라고 생각하는 사람 중 누가 최종적으로 만족스러운 결과를 손에 넣을 수 있을까요?

이 점을 착각하면 운명적인 하고 싶은 일을 찾아 끊임없이 이직을 거듭하는 잡 호퍼job hopper가 되기도 하는 것입니다. 물론 이직 자체는 나쁜 게 아닙니다. 지금 있는 곳에서 빛날 수 없다고 느낀다면, 오히려 적극적으로 직업을 바꿔야 한다고 생각합니다.

하지만 직업에 대해 '어딘가에 모든 게 완벽한 천직이 있다.'라고 꿈꾸는 것은 위험합니다. 애당초 즐겁기만 한 일은 세상 어디에도 존재하지 않습니다. 어떤 직업이든 골치 아픈 부분도 있고 싫은 부분도 있습니다. 하고 싶은 일을 위해선 해야 할 일도 존재하지만, 그걸 받아들이고 즐길 수 있도록 만들어나가는 것도 일의 일부입니다.

하늘이 내린 운명적인 하고 싶은 일을 찾는 건 시간 낭비입니다. 지금 자신 안에 있는 작은 흥미를 키우고, 눈앞에 있는 일을 재미있게 만들 아이디어를 더함으로써 하고 싶은 일이 만들어집니다.

이 책에서 찾는 것은 '운명적인 하고 싶은 일'이 아니라, '진심으로 수긍할 수 있는, 스스로 만드는 하고 싶은 일'입니다. '자신에게 꼭 맞는 일이 있다.'라는 환상을 버리고, 합리적으로 하고 싶은 일 찾기를 시작해 봅시다.

POINT

오해 : 하고 싶은 일을 찾았을 때는 운명적인 느낌이 있다.

진실 : 하고 싶은 일을 찾았어도 처음에는 그저 흥미 수준이다.

오해 3 타인에게 도움이 되는 일이어야 한다

하고 싶은 일은 다른 사람에게 도움이 되는 훌륭한 일이어야 한다는 생각을 가진 사람도 많이 있는 것 같습니다.

이런 오해를 하고 있으면, 자신이 하고 싶은 일을 찾고도 "난 이게 하고 싶어!"라고 주위에 말할 수 없게 되기 쉽습니다. 하지만 하고 싶은 일을 생각하는 시점에는 그 일이 다른 사람에게 도움이 될지 말지는 이미 중요하지 않습니다.

나 자신이 어떤 일이든 하고 싶은 일로서 흥미를 가졌다면, 같은 일에 흥미를 가진 사람은 반드시 있습니다. 그 사람들을 향해 다가가면 반드시 직업(사업)으로 성립될 수 있습니다. 직업으로 성립된다는 것은 가치를 알아주는 사람이 있다는 뜻이므로, 자신이 하고 싶은 일을 계속한 결과로써 '다른 사람에게 도움이 된다.'라는 것으로 연결되는 것이 올바른 순서입니다.

만약 지금 "모두가 칭송하는 훌륭한 하고 싶은 일을 찾아야 해!"라고 생각한다면, 당장 그 생각을 버리기 바랍니다. 자기 자신을 억누르고 '남을 위해 노력하는' 것은 자기희생일 뿐입니다. 억지로 만들어낸 '남을 위한 하고 싶은 일'은 지속적으로 할 수 없습니다. 실제 고객들의 이야기를 들어봐도, 자신을 희생해 남을 위해 일하는 것은 3년이 한계인

듯합니다. 물론 3년까지 가기 전에 자기이해 방식을 행하고 다른 선택지를 찾는 게 더 좋겠지만, 아무리 노력해도 자기희생은 3년이 최대라고 볼 수 있습니다.

반대로 하고 싶은 일은 그나마 스트레스가 적기 때문에 계속할 수 있으므로, 오랜 기간에 걸쳐 다른 사람을 위해 공헌할 수 있습니다. 하고 싶은 일을 하면 자신도 즐겁고 다른 사람에게도 도움이 되므로, 지속적으로 성장하고 감사 인사를 받는 자리이타自利利他의 상태가 될 수 있습니다.

POINT

오해 : 다른 사람에게 도움이 되는 일이어야 한다.
진실 : 자신을 위해 사는 게 타인에게도 도움이 된다.

오해 4 많은 행동을 해야만 찾을 수 있다

하고 싶은 일이 뭔지 모르겠으면 일단 행동해 보는 게 최고라는 조언을 흔히 들을 수 있습니다. 주위 사람들에게 의논했을 때 한 번쯤 이런 말을 듣지 않았나요? 하지만 단언컨대 이런 식의 접근은 옳지 않다고 할 수 있습니다. 왜냐하면 하고 싶은 일이 뭔지 모르는 원인은 대부분 '선택지가 너무 많기' 때문이니까요.

"내가 하고 싶은 일은 이거야!"라고 선택할 때는 2가지 요소가 필요합니다.

하나는 선택지. 어떤 종류의 직업이 있느냐 하는 점입니다. 이걸 알아두는 건 물론 중요합니다. 우리가 알 수 있는 직업의 선택지는 SNS의 보급으로 크게 늘었습니다. 다양한 사람들이 정보를 전파하는 덕분에 우리는 다채로운 선택지를 얻을 수 있습니다.

다른 하나는 선택기준입니다. 제아무리 많은 선택지가 있어도 선택하는 능력이 없다면, 납득이 가는 선택을 할 수 없습니다.

옷 고를 때를 상상해 보면 알기 쉬울 것 같군요. 옷은 옷가게에 가면 얼마든지 고를 수 있습니다. 하지만 선택기준이 확실하지 않다면 어떻게 될까요? '요즘 인기'라든가 '가성비'처럼, '자신이 입고 싶은 옷'이라는 본질과는 관계없는 정보에 휩쓸려 옷을 골라버릴 가능성이 있습니

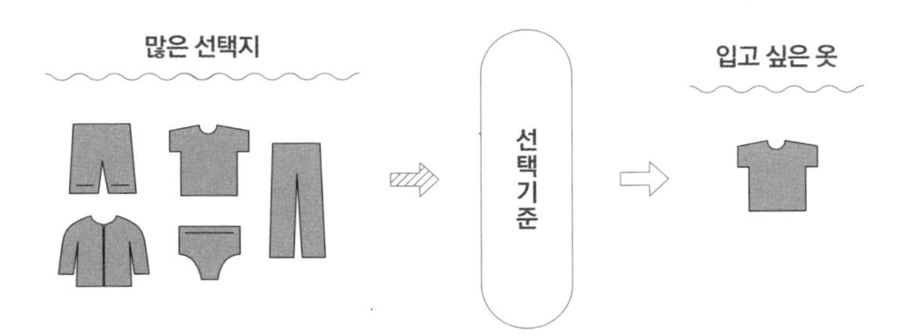

다. 옷 고르기 정도는 인생에서 차지하는 중요성이 낮기 때문에 그런 식으로 골라도 별문제 없지만, 이것이 직업 선택이라면 이야기는 달라집니다.

직업을 선택할 때 '요즘은 이게 유행이다.'라든가 '연봉이 높다.'처럼, 자신이 하고 싶은 일을 한다는 본질에서 벗어나 선택한 경우, 매우 큰 폐해가 있음은 상상하기 어렵지 않습니다.

하고 싶은 일이 뭔지 모르겠다고 느낄 때 해야 할 일은 선택지를 늘리는 것이 아닙니다. 우리는 이미 지나칠 정도로 많은 선택지를 가지고 있습니다. 필요한 건 '선택기준'을 갈고닦는 것입니다. 선택기준은 오직 자신 안에만 있습니다. 따라서 선택기준을 갈고닦기 위해 자기이해가 필요한 것입니다. 외부에서 아무리 찾은들 지나치게 많은 선택지에 짓눌려 행동만 둔해질 뿐입니다.

POINT

오해 : 많은 행동을 해야만 내 일을 찾을 수 있다.

진실 : 선택지가 아닌 선택기준이 중요하다.

오해 5

하고 싶은 일은 **직업**으로 성립되지 않는다

하고 싶은 일을 찾는 데 있어 가장 큰 난관은 '하고 싶은 일을 직업으로 삼을 수 없을 것 같아.'라는 생각입니다. 하지만 그런 생각을 가진 상태로는 하고 싶은 일은 절대로 찾을 수 없습니다.

중요한 사고방식을 하나 알려드리겠습니다.

· 하고 싶은 일은 자신 안에 있습니다.
· 하고 싶은 일의 실현수단은 사회 안에 있습니다.

이 점을 이해해둘 필요가 있습니다.

예를 들어, 직장 선배에게 "제가 하고 싶은 일이 뭘까요?"라고 물어도 그 선배는 결코 답을 알 수 없습니다. 여러분의 하고 싶은 일은 자기 안에 있기 때문이지요.

하지만 직장 선배에게 "노래를 직업으로 하고 싶은데 어떻게 하면 좋을까요?"라고 묻는다면, 선배도 무언가 조언을 해줄 수 있을 겁니다. 어쩌면 노래가 직업인 친구를 소개해 줄지도 모릅니다. 하고 싶은 일은 자신 안에만 있지만, 하고 싶은 일의 실현수단은 외부에도 얼마든지 있습니다.

처음에 "자기이해의 실천 방법을 많은 사람에게 알리고 싶다!"라고 했을 때, 어떻게 해야 그걸 직업으로 삼을 수 있는지에 대해 아무런 구상도 없었습니다. 그래서 자기이해에 관련된 일을 하는 사람을 참고로 했습니다. 그리고 직업을 어떻게 구성해나갈지 조언을 얻으며 점차 직업으로, 다시 말해 수익을 창출할 수 있게끔 만들어나갔습니다.

지금은 전 세계에 '자기이해 프로그램'을 널리 알리고 싶다고 생각하고, 그 부분도 이미 실현하고 있는 분들에게 조언을 얻으며 진행하고 있습니다. 시행착오를 거치며, 하고 싶은 일을 직업으로 만들어간 과정은 CHAPTER 7에서 구체적으로 설명하겠습니다.

하고 싶은 일을 찾는 단계에서는 실현 가능성을 생각할 필요는 없습니다. 자신이 하고 싶다고 생각한 일은, 비슷한 일을 먼저 직업으로 삼은 사람이 반드시 존재한다는 것. 다른 사람이 하는 일을 그대로 복사하면 안 되지만, 실현 방법이라면 얼마든지 따라 해도 괜찮습니다. 이 책을 읽고서 따라 해도 전혀 상관없는 것처럼 말입니다.

하고 싶은 일의 실현수단까지 스스로 생각해야 한다면, 하고 싶은 일 찾기의 난이도가 단숨에 높아집니다. 그러니까 하고 싶은 일을 찾는 단계에서는 실현수단을 세트로 생각하지 않기 바랍니다. 그것은 나중의 이야기입니다.

POINT

오해 : 하고 싶은 일은 직업으로 성립되지 않는다.

진실 : 하고 싶은 일은 자신 안에 있다. 실현수단은 사회 속에 있다.

이 5가지 오해가 풀렸다면, 이제 하고 싶은 일 찾기의 시작점에 서게 된 것입니다. CHAPTER 2에서는 하고 싶은 일을 찾은 경험을 바탕으로, 하고 싶은 일을 찾는 사람과 못 찾는 사람의 차이에 대해 설명하겠습니다.

×	○
~~평생 할 수 있는 일이어야 한다~~	지금 가장 하고 싶은 일을 하면 된다
~~하고 싶은 일을 찾았을 때는 운명적인 느낌이 있다~~	하고 싶은 일을 찾았어도 처음에는 그저 흥미 수준이다
~~다른 사람에게 도움이 되는 일이어야 한다~~	자신을 위해 사는 게 타인에게도 도움이 된다
~~많은 행동을 해야만 찾을 수 있다~~	선택지가 아닌 선택기준이 중요하다
~~하고 싶은 일은 직업으로 성립되지 않는다~~	실현수단은 사회 속에 있다

CHAPTER 02

왜 하고 싶은 일이 뭔지 몰라 계속 헤매는 걸까?

편의점 알바를 잘리고 **하고 싶은 일을 찾아** 인생 역전 시작

대학교 1학년 봄방학, 친구와 둘이 나고야로 여행을 갔었습니다. 패밀리 레스토랑에서 저녁을 먹고 있을 때, 전화가 걸려왔습니다. 발신번호를 보니, 아르바이트를 하고 있는 편의점 사장님이었습니다. 평소 편의점에서 전화가 걸려오는 일은 거의 없었기 때문에, “무슨 일이지?” 하며 전화를 받았습니다. “야기, 너는 일에 의욕도 없고, 툭하면 감기로 쉰다고 하고, 근무 일수도 많지 않으니까 앞으로 안 나와도 되겠다. 그럼 끊는다.”라는 사장님의 해고 전화였습니다. 너무 갑작스러운 일이라 그저 “네, 네.” 할 수밖에 없었고, 그렇게 한순간에 일자리를 잃었던 겁니다. 편의점 아르바이트를 시작한 지 두 달쯤 되었을 때의 일입니다.

역에서도 가깝고 시급 1,000엔이라는 괜찮은 조건이었기 때문에 시작한 편의점 알바였습니다. 이 일을 시작한 것은 ‘편할 것 같아서’, 의욕이라고는 찾아볼 수 없는 이유였습니다. 하지만 막상 시작해 보니 모르는 것 천지였습니다. 상품 진열, 상품권 판매, 즉석식품 준비, 주먹밥 만들기, 세탁물 접수, 전자머니 사용법 등등. ‘편할 것 같아서’라는 이유로 시작한 편의점 알바였지만, 배워야 할 게 너무 많아서 제대로 할 줄 아는 게 하나도 없었습니다. 가장 기억에 남는 것은 엄청나게 많은 담배 종류였습니다. 벽면을 가득 메운 100개 가까운 담배 브랜드 중에서, 손님이 원하는 담배를 빠르게 찾아 실수 없이 건네야 하는 일이 너무 어려웠습니다.

그런저런 이유로 점점 "내 1시간을 왜 1,000엔에 팔아야 하지? 에휴, 알바 가기 싫다."라는 생각이 들면서 동기부여가 떨어진 것입니다. 일하는 동안에도 틈만 나면 계산대 맞은편에 걸린 시계를 쳐다보며 "아직도 5분밖에 안 지났어."라고, 끝나는 시간만 기다리는 상태가 되어버렸습니다. 그렇게 의욕 없이 일하던 중에 걸려온 것이 앞서 말한 사장님 전화였습니다.

솔직히 편의점 아르바이트를 시작하기 전에는, '누구나 할 수 있는 이런 일에 인생을 쓰다니.'라고 내심 무시하는 마음도 있었습니다. 하지만 그렇게 무시하던 편의점 일조차 제대로 하지 못하고 잘린 나 자신을 어떻게 위로해야 좋을지 몰라 한동안 낙담해 있었습니다.

아르바이트도 안 하고 부모님이 보내주시는 용돈만 가지고 살기에는 너무 힘들었습니다. 하지만 편의점 일도 잘린 내가 과연 무슨 일을 할 수 있을까. 그렇게 내가 할 수 있는 일이 뭔지를 생각하면서 인터넷을 검색하다가 '강점 진단'이라는 사이트를 발견했습니다. 그 순간 "진단을 받아보면 내가 할 수 있는 일을 찾을 수 있을지도 몰라."라고 생각하고, 돈을 내고 40분 정도 강점 진단을 받아 봤습니다.

그 결과 자신의 성향에 대해 알게 된 것은 다음과 같은 것이었습니다.

· 정해진 작업을 반복하는 것은 딱 질색.

- 처음 만난 사람과 이야기하는 게 스트레스인 타입.
- 누구에게 지시받는 걸 싫어한다.

그야말로 편의점 알바생에게 요구되는 능력은 전혀 가지고 있지 않았던 겁니다. 반대로 자신의 강점으로 알게 된 것들도 있었습니다.

- 아이디어를 생각해내는 게 특기.
- 차분히 생각하는 작업은 잘 해내는 타입.
- 남에게 자신의 생각을 전하는 것을 좋아한다.

성격이 단순한 편이라, 이 결과를 보고 자신감을 되찾았습니다. "편의점 알바를 잘린 건 적성에 안 맞았기 때문이지, 내가 못나서가 아니야."라고 말이죠. 그리고 이번에는 아르바이트 대신 강점을 살려, 내 생각을 다른 사람에게 전하는 일을 해보고자 블로그 활동을 시작했습니다. 당시는 블로그를 하면 한 달에 몇만 엔 정도는 벌 수 있다는 말이 나오기 시작한 시기라, "그래, 몇만 엔만 벌자."라는 가벼운 마음으로 시작했습니다.

컴퓨터 앞에서 글을 쓰는 일은 매우 즐거워서 전혀 힘들지 않았습니다. 운 좋게도 블로그를 시작하고 열 번째로 올린 '다카다노바바의 라멘 맛집을 소개하는 글'이 SNS에 퍼지면서 만 명에 가까운 사람이 읽어주었습니다.

그 후로 "이거 괜찮은데."라고 생각하며 블로그에 더 깊이 빠져들었습니다. 원하는 시간에 누구의 간섭도 없이 글을 쓸 수 있어서 굉장히 즐거웠습니다. 수업시간에도 블로그에 글을 쓰고, 점심시간에는 점심도 안 먹고 도서관에서 블로그에 글을 올리고, 세미나를 들으러 가서도 몰래 블로그에 글을 썼습니다. 그러자 서서히 블로그로 돈을 벌 수 있게 되었습니다. 처음에는 한 달에 3,000엔, 그다음 달은 1만 엔, 여섯 달이 지났을 때는 한 달에 9만 엔으로, 편의점 아르바이트를 할 때보다 훨씬 많은 돈을 자신이 좋아서 하는 일을 통해 벌 수 있게 되었습니다. 그리고 1년 반쯤 지났을 때는 월 100만 엔이 넘는 수입을 올리게 되었습니다.

이때 '싫어하는 일을 하면 피곤하기만 할 뿐, 아무것도 얻을 수 없다. 잘하는 것을 하면 금세 즐겁게 성과를 낼 수 있다.'라는 확신을 얻었습니다.

대학교 재학 중에 그 정도 수입이 있으면 딱히 취직할 필요도 없다고 생각하고, 대학을 졸업하자마자 바로 독립했습니다. 그때는 솔직히 "22살에 월 100만 엔을 벌다니 인생 별거 없네."라고 자만하고 있었습니다. 하지만 인생이란 그렇게 만만한 게 아니었습니다. 처음에는 좋아서 하던 블로그가 어느새 '돈을 벌기 위한 일'이 되어 있었습니다. 블로그를 왜 하느냐고 묻는다면 '돈 때문에', 어떤 글을 쓰느냐고 묻는다면 '돈이 될 만한 글'이라고 대답할 수밖에 없는 상태가 되어버렸습니다.

그런 일이 즐거울 리 없지요. 경제적으로 풍족해 주위에서 보면 성공한 상태였다고 생각합니다. 하지만 행복하냐고 묻는다면 전혀 행복을 느낄 수 없었고, 돈을 마련하는 수단으로 매일같이 키보드를 두드리고

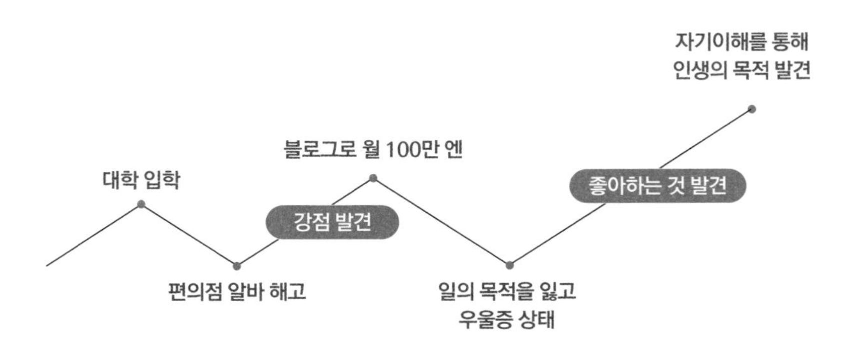

있었습니다. "이대로 이 일을 계속하면 내 인생은 따분할 것 같아."라고 생각하면서도, 돈이 되는 일이라 그만둘 수 없었습니다. "이대로 정말 괜찮을까?"라는 의문을 품은 채 1년 정도 답답한 마음으로 블로그 활동을 계속했습니다.

어느 날 아침, 눈을 뜨자 몸의 감각이 평소와 달랐습니다. 머리가 멍하고 몸의 감각이 둔했습니다. 일하고 싶은 마음도 전혀 없어서, 뭔가 이상하다고 생각하며 동네 단골 라멘집에 갔습니다. 거기서 진한 맛 라멘을 주문했는데, 맛을 거의 느낄 수 없었습니다. 자신의 증상을 인터넷으로 검색해 보고서야 비로소 가벼운 우울증 상태라는 것을 알았습니다. 오랫동안 심적으로 스트레스를 받아 우울증 상태가 된 것 같았습니다. 다행히 일주일 정도 쉬고 나니 증상은 사라졌습니다. 하지만 눈앞의 현실은 달라진 게 없었습니다.

진정한 의미에서 "이런 식으로 일하는 건 곤란해."라고 깨달은 후, 본격적으로 "내가 '진짜로 하고 싶은 일'이 뭘까?"를 진지하게 찾아보기로 결심했습니다. 닥치는 대로 책을 읽고, 흥미로운 강의가 있으면 들으러 다니면서 나 자신이 진짜로 하고 싶은 일이 뭔지를 모색했습니다. 그리고 어느 순간 깨달은 것이 "어라, 난 이렇게 자신의 내면을 들여다보는 걸 좋아하는구나."라는 사실이었습니다. 배우면 배울수록 자신에 대해 알게 되고, 그게 즐거워 견딜 수 없었습니다.

그러고 보니 옛날부터 심리와 철학을 좋아했습니다. 공부 자체는 좋아하지 않았지만, 학교 수업 중에서도 윤리는 유일하게 재미있는 과목이었습니다. '이걸 직업으로 삼으면 되지 않을까?' 하고 그때 깨달았습니다. 과거의 나처럼 자신의 강점을 모르고 하고 싶은 일도 모른 채 캄캄한 어둠 속에 있는 사람들에게, 내가 지금까지 겪은 과정을 알려주면 되리라 생각한 거죠. 솔직히 그때까지 직업으로 여기던 블로그에는 일관된 주제가 없었습니다. 하지만 이때부터 '자기이해'를 주제로 블로그에 글을 쓰기 시작했습니다. 목적은 '나처럼 인생에 막막함을 느끼는 사람의 고민을 해결해 주는 것'으로 잡았습니다.

블로그에 글을 올리는 동안 점차 "더 많이 알고 싶어요!"라고 성원해 주시는 독자들이 생기고, 그러다 잡지 〈anan〉에서도 "자기이해 방식을 잡지에 싣고 싶다."라는 제의가 들어오게 되었습니다. 그렇게 자기이해 방식을 정리해 제공하는 프로그램은 현재 수강자를 더 받기 힘들 만큼 성황입니다. 그리고 지금은 더 많은 사람에게 체계적인 자기이해를 전하기 위해 책을 집필하고 있습니다.

이제는 인생의 근본을 결정하는 자기이해에 대해 학교에서도 가르쳐야 한다고 생각합니다. 초등학교부터 대학교까지 졸업하려면 16년이나 걸리는데, 자신이 뭘 좋아하고 뭘 잘하고 뭘 소중히 여기며 살고 싶은지를 생각하지 않는다는 건 이상한 일이니까요. 그래서 '어떻게 하면, 하고 싶은 일을 하면서 나답게 살 수 있을까?'를 고민하고, 배우고, 실천하면서 깨달은 내용을 이 책을 통해 전하고자 합니다.

POINT

하고 싶은 일을 찾으면 인생이 달라진다.

하고 싶은 일이 뭔지 모르겠으면 **행동해 보는 수밖에 없다**는 함정

왜 하고 싶은 일을 찾기 위해서는 '자기이해'가 필요할까요?

그것은 지금의 세상이 너무 복잡하기 때문입니다. 'VUCA'라는 단어를 아십니까? VUCA는 4개의 단어, Volatility(변동성), Uncertainty(불확실성), Complexity(복잡성), Ambiguity(애매성)를 뜻하는 단어입니다. 주위를 둘러싼 환경이 복잡성을 더해가고 예상 밖의 상황이 계속 발생해 미래 예측이 어려운 상태를 가리키는 말입니다.

선택지가 많아지면 하고 싶은 일의 선택은 더 어려워집니다. 미국 콜롬비아 대학교의 실험으로 밝혀진 '잼의 법칙'을 아십니까? 마트에서 시식용 잼을 24종류를 준비하자, 시식 후 구입한 사람은 3%뿐이었습니다. 그러나 잼의 종류를 6가지로 줄이자, 시식 후 구입한 사람은 무려 30%로 증가했습니다. 이렇게 사람은 선택지가 너무 많으면 '선택하지 않는다.'라는 선택을 합니다. 그래서 24종류의 잼은 팔리지 않는 것입니다.

하고 싶은 일을 정하지 못하는 사람도 마찬가지입니다. 지나치게 많은 선택지 앞에 멈춰 서서 '선택하지 않는다.'라는 선택을 하고, 하고 싶은 일을 정하는 것을 뒤로 미룬 채 타성에 젖어 살게 됩니다.

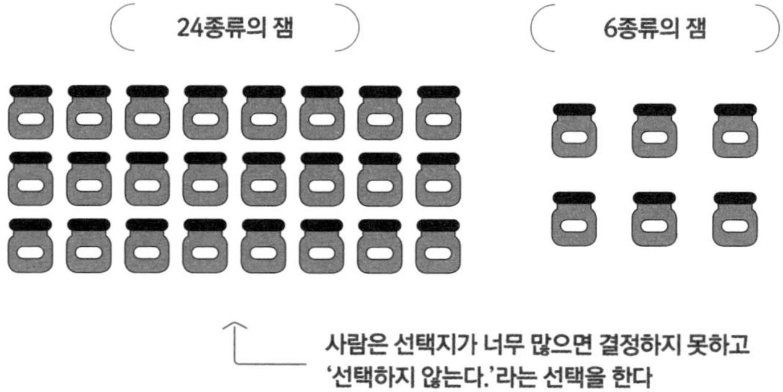

24종류의 잼

6종류의 잼

사람은 선택지가 너무 많으면 결정하지 못하고
'선택하지 않는다.'라는 선택을 한다

또한 "하고 싶은 일이 뭔지 모르는 건 행동이 부족하기 때문!"이라고 생각하고, 새로운 흥미 있는 일을 찾으려 하면 선택지만 더 늘어나 점점 더 알 수 없게 되는 겁니다.

POINT

하고 싶은 일이 뭔지 모르는 건 선택지가 너무 많기 때문이다.

자신의 길을 **잘 찾아가는 사람과 헤매는 사람**의 단 한 가지 차이

그럼 선택지가 너무 많은 이 복잡한 세상에서 자신이 나아갈 길을 찾기 위해선 어떻게 해야 좋을까요?

이때 가장 위험한 것은 머리로 '어느 길로 가야 제일 이득일까?'를 생각하고 판단하는 일입니다. 빠르게 변화하는 이 시대에, 지금 이득이 되는 선택은 금세 이득이 안 되는 선택이 되고 마는 경우가 흔히 있습니다.

지금으로부터 30년 전인 1989년에는 세계 시가총액 순위 TOP 50개사 중 일본 기업이 32개사를 점하고 있었습니다. 그러나 2018년 기준, TOP 50개사 중 일본 기업이 몇 개인지 아십니까?

놀랍게도 도요타 자동차 단 하나뿐입니다. 30년 만에 사회 상황이 이토록 달라진 것입니다.

1989년 세계 시가총액 순위

순위	기업명	시가총액 (억 달러)	나라명
1	NTT	1,639	일본
2	닛폰코교 은행	716	일본
3	스미토모 은행	696	일본
4	후지은행	671	일본
5	다이이치칸교 은행	661	일본
6	IBM	647	미국
7	미쓰비시 은행	593	일본
8	엑슨	549	미국
9	도쿄전력	545	일본
10	R.D.셸	544	영국
11	도요타 자동차	542	일본
12	GE	494	미국
13	산와 은행	493	일본
14	노무라 증권	444	일본
15	신닛폰 제철	415	일본
16	AT&T	381	미국
17	히타치 제작소	358	일본
18	마쓰시타 전기	357	일본
19	F. 모리스	321	미국
20	도시바	309	일본
21	간사이 전력	309	일본
22	닛폰 장기신용은행	309	일본
23	도카이 은행	305	일본
24	미쓰이 은행	297	일본
25	머크	275	미국
26	닛산 자동차	270	일본
27	미쓰비시 중공업	267	일본
28	듀퐁	261	미국
29	GM	253	미국
30	미쓰비시 신탁은행	247	일본
31	BT	243	영국
32	벨사우스	242	미국
33	BP	242	영국
34	포드	239	미국
35	아모코	229	미국
36	도쿄 은행	225	일본
37	주부 전력	220	일본
38	스미토모 신탁은행	219	일본
39	코카콜라	215	미국
40	월마트	215	미국
41	미쓰비시 부동산	215	일본
42	가와사키 제철	213	일본
43	모빌	212	미국
44	도쿄 가스	211	일본
45	도쿄 해상보험	209	일본
46	6NKK	202	일본
47	아르코	196	미국
48	닛폰 전기	196	일본
49	다이와 증권	191	일본
50	0아사히 유리	191	일본

2018년 세계 시가총액 순위

순위	기업명	시가총액 (억 달러)	나라명
1	애플	9,410	미국
2	아마존	8,801	미국
3	알파벳	8,337	미국
4	마이크로소프트	8,158	미국
5	페이스북	6,093	미국
6	버크셔 H	4,925	미국
7	알리바바G	4,796	중국
8	텐센트H	4,557	중국
9	JP모건	3,740	미국
10	엑슨M	3,447	미국
11	존슨	3,376	미국
12	비자	3,144	미국
13	뱅크 오브 아메리카	3,017	미국
14	R.D.셸	2,900	영국
15	중국공상은행	2,871	중국
16	삼성전자	2,843	한국
17	웰스파고	2,735	미국
18	월마트	2,599	미국
19	중국건설은행	2,503	중국
20	네슬레	2,455	스위스
21	유나이티드헬스	2,431	미국
22	인텔	2,419	미국
23	앤호이저	2,372	벨기에
24	셰브론	2,337	미국
25	홈디포	2,335	미국
26	화이자	2,184	미국
27	마스터 카드	2,166	미국
28	버라이존	2,092	미국
29	보잉	2,044	미국
30	로쉬H	2,015	스위스
31	타이완 반도체	2,013	타이완
32	페트로차이나	1,984	중국
33	P&G	1,979	미국
34	시스코·S	1,976	미국
35	도요타 자동차	1,940	일본
36	오라클	1,939	미국
37	코카콜라	1,926	미국
38	노바티스	1,922	스위스
39	AT&T	1,912	미국
40	HSBC·H	1,874	영국
41	차이나 모바일	1,787	홍콩
42	루이비통	1,748	프랑스
43	시티그룹	1,742	미국
44	중국농업은행	1,693	중국
45	머크	1,682	미국
46	W·디즈니	1,662	미국
47	펩시코	1,642	미국
48	중국평안보험	1,638	중국
49	토탈	1,611	프랑스
50	넷플릭스	1,572	미국

출처 : 미국 비즈니스 위크지(誌) 〈주간 다이아몬드〉 편집부

지금 "이쪽 길로 가는 게 이득이다!"라고 생각하고 한 선택은 10년 후, 20년 후에는 메리트가 사라질 가능성이 높다는 뜻입니다. 요즘 주위를 둘러봐도 "지금은 가상화폐가 돈이 된다!" "프로그래밍이 돈이 된다!"라는 식으로 시류에 휩쓸리는 사람들을 쉽게 볼 수 있습니다. 하지만 이러한 이슈가 사라지면 곧 그들도 사라지게 됩니다.

물론 그런 사람들은 직업적으로도 잘 풀리지 않습니다. 늘 망설이는 사람은 이렇듯 '어떻게 해야 할까? 어느 쪽이 더 이득이 될까?'라고 머리로 생각하는 사람입니다. 빠르게 변화하는 시대에 우리는 '어느 쪽이 더 이득이 될까?'라는 머리의 판단과는 근본적으로 다른 기준을 가질 필요가 있습니다.

그 판단기준은 '자신이 어떻게 하고 싶은가?'라는 마음의 기준입니다.

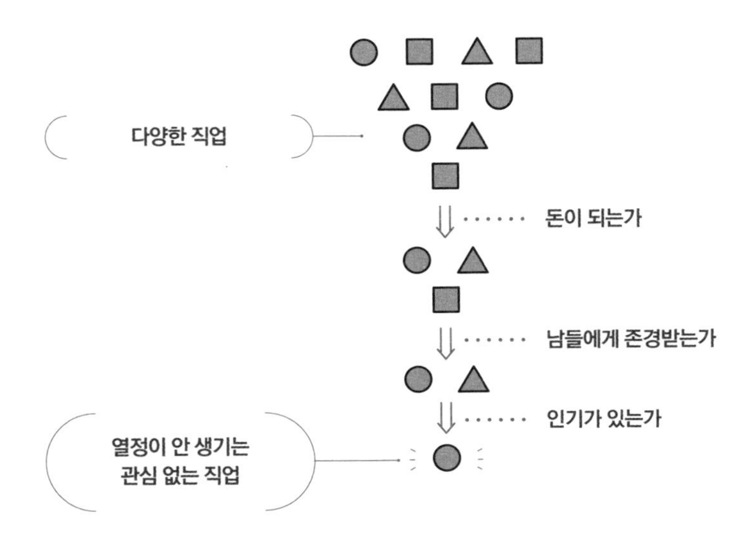

무수히 많은 눈앞의 선택지 속에서 '어떻게 해야 하는가?'라는 이익 중심의 판단기준으로는 선택하기 힘든 시대가 되었습니다. 하지만 '어떻게 하고 싶은가?'라는 마음의 기준을 따른다면 선택은 간단합니다.

자신이 흥미 있는 일, 자연스럽게 끌리는 일, 가치관과 부합하는 일. 이처럼 자신의 내면에 있는 기준에 따라 선택합시다.

무수히 많은 선택지를 자신의 필터로 거르기만 해도 몇 가지로 압축할 수 있습니다. VUCA한 외부세계와 달리 여러분 내면의 세계는 크게 변화하지 않습니다. 따라서 한 번 결단을 내리면 망설임도 사라지기 때문에, 시대가 어떻게 변화하든 흔들리지 않고 행동할 수 있습니다.

여러분이 지금 망설이는 근본적인 원인은 선택기준이 틀렸기 때문입니다. '어떻게 해야 하는가?'라는 기준으로 이득과 손해에만 신경 쓴

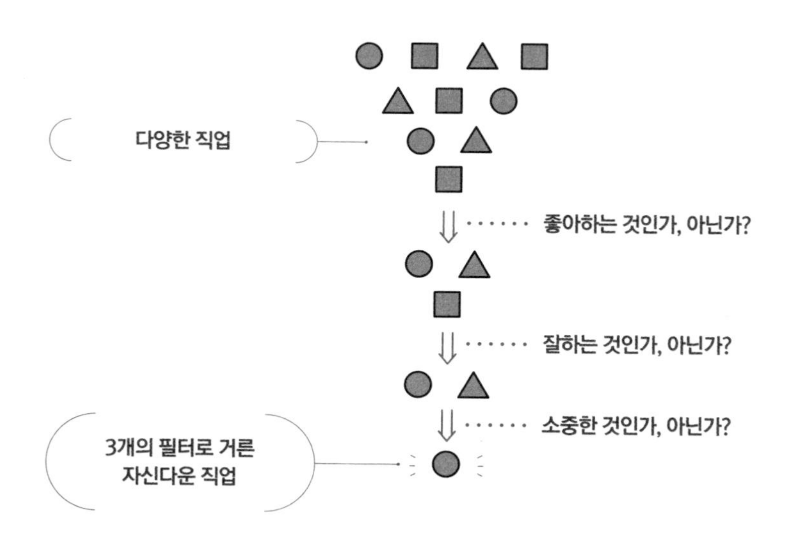

다면 답은 찾을 수 없습니다. 상황이 달라지면 결단도 같이 달라지기 때문입니다. 그래서 끊임없이 망설이게 되는 것입니다.

자신의 일을 찾은 것처럼 보여도 잘못된 선택기준을 사용해 나온 답은, 열정이 안 생기는 자신에게는 전혀 흥미 없는 직업입니다.

과거 이득을 위주로 생각할 때는 끊임없이 망설였습니다. 트위터를 보면 유명 인플루언서의 말에 현혹되고 자기계발서를 읽을 때마다 그 내용에 영향을 받았습니다. 언제나 다른 사람의 생각에 휘둘렸기 때문에 자신 축軸이 없다고 늘 느끼고 있었습니다. 그리고 항상 망설이느라 일도 제대로 되지 않았습니다. 자신 축이 없는 상태는 미래를 알 수 없기에 몹시 불안하기도 했습니다.

지금 이렇게 느끼는 사람은 생각을 근본적으로 바꿀 필요가 있습니다. 자신의 판단기준을 외부에 있는 '타인 축'에 의지하지 말고, 내면에 있는 '자신 축'으로 바꿔야 합니다. 격심한 변화의 시대이기에 자신 안에 흔들리지 않는 축을 가질 필요가 있습니다.

그렇게 하면 복잡한 이 사회 속에서도 흔들림 없이 확신을 가지고 살 수 있게 됩니다. 그런 판단기준을 갖기 위한 자기이해 방식을 다음 장부터 해설하도록 하겠습니다.

POINT

망설임을 부르는 판단기준, 어떻게 해야 하는가.
망설임이 사라지는 판단기준, 어떻게 하고 싶은가.

이 책의 구성

사고방식

방법

행동

CHAPTER 03

가장 빠르게 하고 싶은 일 찾기를 달성하는 공식 자기이해 방식

정확하게, 하고 싶은 일의 **말뜻 들여다보기**

이제 자신이 하고 싶은 일을 명확하게 하기 위해, 자기이해 방식을 함께 배워봅시다.

이 방식의 구체적인 내용에 들어가기에 앞서 먼저 말하고 싶은 것은 하고 싶은 일이 뭔지 모르는 것은 말의 분류가 충분하지 않기 때문이라는 전제입니다. 하고 싶은 일 찾기가 미궁에 빠져버리는 것은 말뜻을 확실하게 정의하지 않고 애매하게 생각하기 때문입니다.

- '인생 축'이란 무엇인가?
- '자신 축'이란 무엇인가?
- '자신다움'이란 무엇인가?

이렇듯 애매한 말로 아무리 생각한들 하고 싶은 일은 결코 찾을 수 없습니다. 애당초 하고 싶은 일이라는 말의 정의 자체도 상당히 애매합니다.

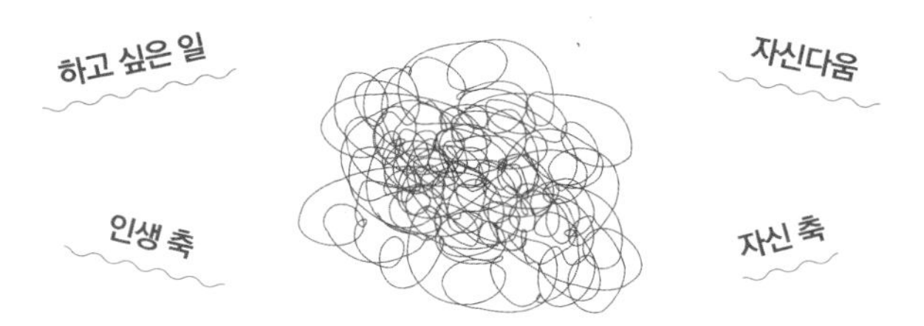

상담하러 온 많은 분이 입을 모아 "취업활동도 열심히 하고 책도 읽으며 자기분석을 했지만, 도대체 하고 싶은 일이 뭔지 잘 모르겠어요."라고 말합니다.

하고 싶은 일을 찾기 위해, 어느 책에 나오는 자기분석 관련 질문을 통해 자신을 알아보려고 노력한 사람도 있었겠지만, 그것은 헛수고였을 가능성이 매우 높습니다. 자기이해 프로그램에 참가하기 전에, 자신을 알기 위해 500가지도 넘는 질문에 대답한 분도 있었습니다. 하지만 그래도 여전히 하고 싶은 일을 찾지는 못했다고 합니다.

그런 분들의 이야기를 들어보면 하나같이 '머릿속이 복잡하다.'라는 공통점이 있습니다.

자기분석을 위해 과거의 체험을 돌아보고, 하고 싶은 일을 찾기 위해 많은 힌트를 손에 넣었습니다. 하지만 그것을 어떻게 조합해야 좋을지 모르는 것입니다. 이를테면 퍼즐 조각은 갖고 있지만, 그걸 맞추는 법을 몰라 큰 그림을 완성하지 못하는 상태입니다. 정말로 필요한 것은 질문에 대답할 때 '무엇을 찾으려 하는가?'라는 목적의식을 명확히 하는 것입니다.

안 그러면 아무리 많은 질문에 대답해도 각각의 조각만 많아질 뿐, "내가 진짜로 하고 싶은 일은 이거야!"라는 최종적인 깨달음에 도달할 수 없습니다.

이 책에서는 여러분이 가진 조각을 어떻게 한 장의 그림으로 완성하는지 그 방법을 알려드립니다. 그 그림이 완성되었을 때, 비로소 막막함에서 해방됩니다. 예를 들어 "돈을 벌고 싶다." "세상에서 빈곤을 없애고 싶다." "인기 유튜버가 되고 싶다." "사업을 하고 싶다." "예의 바르고 친절하게 살고 싶다." "기타를 잘 치고 싶다." "사람들과 소통하고 싶다." 등은 모두 이 책에서 말하는 하고 싶은 일이 아닙니다. 하고 싶은 일과 비슷한 다른 말입니다. 의아하게 느껴질지 몰라도, 계속 읽어나가면 저절로 이해할 수 있게 될 것입니다.

먼저 이 책에서는 자기이해 방식을 설명하면서, 하고 싶은 일이라는 막연한 말의 의미를 명확히 하고자 합니다.

POINT

하고 싶은 일이 뭔지 모르는 것은 말의 정의가 충분하지 않기 때문이다.

직감이 아니라 논리로
하고 싶은 일 찾아내기

'진짜로 하고 싶은 일'을 찾기 위해 중요한 조각은 3가지가 있습니다. 단 3가지만 명확히 한다면, 누구나 몰입할 수 있는 일을 손에 넣을 수 있습니다. 반대로 지금의 일에 만족하지 않는다면, 이 3가지 중 하나가 없기 때문입니다. 이렇게 빠진 부분을 알아내면, 다음은 그 부분만 보충하면 됩니다.

그동안 심리학이나 자기분석 관련 책을 300권 넘게 읽어 봤지만, 이렇게까지 심플하게 정리된 하고 싶은 일 찾기 방법을 알지는 못했습니다. 지금까지 읽어온 하고 싶은 일 찾기 책은 3가지 요소 중 어느 하나만을 다뤘기 때문에, 그것만 읽어서는 불완전할 수밖에 없었던 겁니다.

처음 이 방식을 착안해냈을 때, "이제 모든 걸 속 시원하게 설명할 수 있다!"라고 생각하고, 흥분을 참지 못해 화이트보드에 마구 쓰면서 친구에게 열정적으로 설명했던 기억이 있습니다. 자기이해 방식을 접한 사람들은 "반년 넘게 고민했는데, 이 그림을 사용했더니 하루 만에 길이 열렸다."라는 의견도 전해왔습니다.

CHAPTER 1에서 흔히 하는 오해 중 하나로, 하고 싶은 일을 찾는다고 하면 '어딘가에 있는 천직을 우연히 만나는 것'이라고 상상하는 분이 많다고 했습니다. 운명적인 만남을 통해 "이게 내 평생을 바칠 수 있는 '진짜로 하고 싶은 일'이다!"라고 확신하고, 곁눈 한 번 팔지 않고 밀어붙이는 사람의 이야기가 자기계발서에 많이 소개되기 때문이겠지만, 그런 사람은 전체 인구의 1% 정도가 아닐까 생각합니다. 저와 같은 나머지 99%의 보통 사람은 퍼즐을 맞춰가듯이 자신의 마음을 하나하나 들여다보면서 진짜로 하고 싶은 일을 찾아나갈 수밖에 없습니다.

센스 있는 사람이 감각적으로 옷을 고르면 스타일리시해질 수 있습니다. 하지만 센스 없는 사람이 자신의 직감대로 옷을 고르면 촌스러운 옷차림이 됩니다. 센스 없는 사람은 어떻게 하면 스타일리시해질 수 있는지 그 이론을 배워 아이템을 하나씩 갖춰나가지 않으면 안 되는 겁니다.

저도 하고 싶은 일을 찾는 센스는 없었습니다. 그래서 여러 고민을 통해 누구나 응용 가능한 방식을 만들 수 있었습니다. 처음부터 망설임 없이 하고 싶은 일을 하는 사람은 이런 방법을 찾아낼 수 없습니다. 그렇기에 자기이해 방식에서는 '좋아하는 것을 찾기 위해서는 마음의 목소리를 들어라!' 같은 애매한 표현은 쓰지 않습니다. 명확한 기준을 마련해 설명하고 있습니다. 그럼 자기이해 방식의 3가지 기둥에 대해 설명하겠습니다.

POINT

오해 : 직감에 맡겨 찾는다.

진실 : 이론을 세워 찾는다.

하고 싶은 일 찾기를 달성하는 **자기이해 방식의 3가지 기둥**

먼저 '자기이해 방식'의 3가지 기둥은 다음과 같습니다.

1. 좋아하는 것
2. 잘하는 것
3. 소중한 것

그리고 이 3가지 요소를 조합하면 2개의 공식이 만들어집니다.

공식1 좋아하는 것×잘하는 것=하고 싶은 일

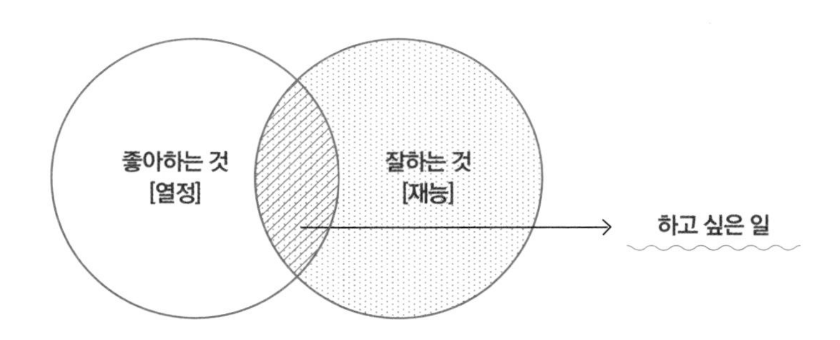

공식 2 좋아하는 것 × 잘하는 것 × 소중한 것=진짜로 하고 싶은 일

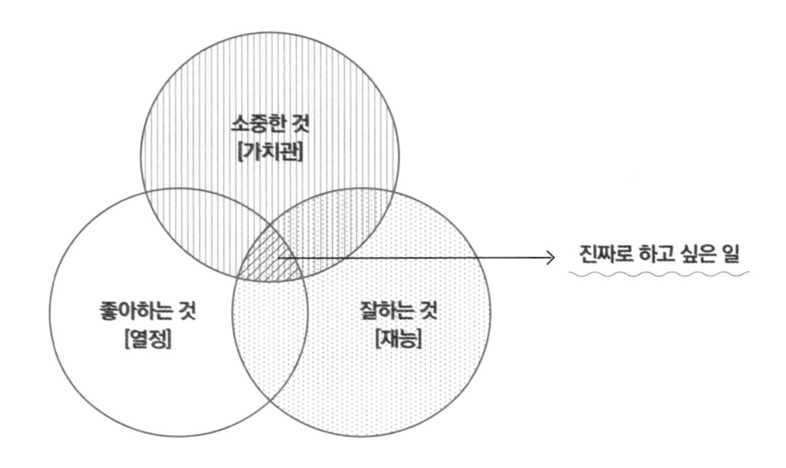

공식 ①의 '좋아함×잘함'으로 하고 싶은 일 자체는 찾을 수 있지만, 실은 거기에 소중한 것이 빠지면 불완전한 하고 싶은 일이 되고 맙니다. '좋아함×잘함=하고 싶은 일'에 소중한 것을 조합시키면 '좋아함×잘함×소중함=진짜로 하고 싶은 일'이 됩니다.

POINT

하고 싶은 일 찾기에는 2개의 공식이 있다.

공식 1 좋아하는 것×잘하는 것=하고 싶은 일

맨 처음은 하고 싶은 일부터입니다. 많은 사람들이 '좋아하는 것=하고 싶은 일'이라고 생각하지만, 그것만으로는 아직 부족합니다. 하고 싶은 일이란 좋아하는 것을 잘하는 방식으로 하는 것입니다. 그렇다면 하고 싶은 일의 정의를 이해하기 위해 좋아하는 것과 잘하는 것도 정의해 보겠습니다.

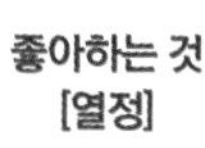

· 지속적으로 성장해나갈 수 있는 것이 '좋아하는 것'[열정]

우선 '좋아하는 것'이란 '열정이 있는 분야'를 말합니다. 예를 들면 심리학, 환경 문제, 패션, 의료, 로봇, 디자인 등 취직이나 이직을 생각하는 사람에게는 '업계'라고 설명하는 편이 더 알기 쉬울 것 같군요.

'좋아하는 것(=열정)'의 특징을 정리하면 다음과 같습니다.

· 흥미가 있고 더 많이 알고 싶다.
· 조금만 접해도 재미있어서 "이게 정말로 직업이어도 되나?"라고 느낀다.
· 왜? 어떻게 하면? 같은 질문이 생겨난다. (예시 : 로봇은 어떻게 움직일까?)

이렇게 자신이 흥미를 느끼고 열정을 쏟고 싶은 '분야'를 좋아하는 것이라고 부릅니다.

잘하는 것
[재능]

· 알고 보면 누구나 100% 가지고 있지만 잘 모르는 '잘하는 것'(재능)

이어서 '잘하는 것'이란 '자연스럽게 남들보다 잘할 수 있고, 해도 힘들지 않고 기분 좋은 일'을 뜻합니다. 자연스럽게 할 수 있으므로 '재능'이라고도 합니다(특성이나 성격이라고 불리기도 합니다). 예를 들면 상대의 입장에서 생각하기, 다른 사람과 경쟁하기, 공부하기, 정보 모으기, 깊이 생각하기, 분석하기 등입니다. 잘하는 것(재능)의 특징을 정리해 보겠습니다.

- 하고 있으면 기분이 좋다.
- 굳이 애쓰지 않아도 무의식적으로 하고 있다.
- 스트레스가 적어서 몰두하기 쉽다.
- 그것을 할 때 나 자신이라는 느낌이 있다.
- 직업이 아니어도 평소에 자연스럽게 한다.
- 다른 사람을 보며 "이걸 왜 못 하지?"라고 생각한다.

물론 좋아하는 것과 마찬가지로 잘하는 것을 하면 즐겁습니다. 다른 자기분석 책에서는 이 잘하는 것도 포함해 좋아하는 것이라고 설명하는 경우도 있습니다. 하지만 이를 나누어 생각하는 편이 훨씬 알기 쉽고 정리하기 편하다고 생각합니다. 그래서 자기이해 방식에서는 '잘하는 것'이라 부르고 구별합니다.

· 잘못 이해하면 인생의 가능성을 좁히는 '잘하는 것'과 '스킬, 지식'의 차이

흔히 '잘하는 것'과 혼동하기 쉬운 게 '스킬, 지식'입니다. 이 2가지는 비슷한 것 같으면서 전혀 다릅니다.

잘하는 것은 "리스크를 내다볼 수 있다." "타인의 기분을 잘 파악한다." "하나를 끝까지 파고들 수 있다." 등입니다. 한편 스킬, 지식은 "영어를 잘 한다." "프로그래밍을 할 수 있다." "웹 마케팅 지식이 있다." 등이 됩니다.

이 두 사항은 일반적으로 비슷하게 잘하는 것이라 불리지만, 2가지 점에서 전혀 다릅니다. 먼저 잘하는 것은 선천적으로 타고난 것이고, 스킬, 지식은 나중에 익힐 수 있는 것이라는 차이가 있습니다.

또한 잘하는 것은 한 번 배워서 쓸 줄 알게 되면 어떤 직업에나 적용할 수 있지만, 스킬, 지식은 특정한 직업에만 활용 가능합니다(프로그래밍 스킬이 있어도, 그 스킬을 사용하지 않는 직업을 가지면 활용할 수 없기 때문). 알기 쉽게 표로 정리하면 다음과 같습니다.

잘하는 것 [재능]	스킬, 지식
자연스럽게 할 수 있으며, 하면서 힘들지 않고 기분 좋은 일	숙련된 스킬, 해박한 지식 등
리스크를 내다볼 수 있다 타인의 기분을 잘 파악한다 하나를 끝까지 파고들 수 있다	영어 / 프로그래밍 / 웹 지식 / 마케팅 지식 / 요리 지식 등
나중에 익힐 수 없다	나중에 익힐 수 있다
어떤 직업에나 다 적용할 수 있다	특정한 직업에만 쓸 수 있다

이 2가지 중 더 중요한 건 '잘하는 것'입니다. 왜냐하면 어떤 직업에나 쓸 수 있고, 일단 사용방법을 마스터하면 시대가 아무리 변해도 무기로 활용할 수 있기 때문입니다. 반대로 '스킬, 지식'은 필요한 것이지만, 시대의 변화와 함께 진부해질 수 있습니다. 또 한 번 익힌 스킬과 지식에만 의존해 인생의 다양한 가능성에 제한을 두게 될 수도 있습니다.

예를 들면, 이직을 고려할 때 "지금 가진 자격증을 활용할 수 있는 직장이 어디일까?"라고 생각하기 쉽습니다. 하지만 그런 식으로 자신이 가진 스킬, 지식 기반으로만 생각하면 오히려 선택지가 좁아져서, 결국 자신이 하고 싶은 일에는 도달할 수 없게 됩니다.

이렇듯 자신의 인생을 충실하게 만들기 위한 수단에 불과한 스킬, 지식이지만, 어느새 그것을 사용하는 게 목적이 되어버리는 경우가 많이 있습니다. 열심히 노력해 익힌 스킬, 지식이 자신의 인생을 자유롭지 못하게 만드는 것입니다.

스킬과 지식은 자신이 하고 싶은 일을 실현하기 위해 활용하는 수단입니다. 스킬을 활용하는 게 목적이 되어버리면 인생이 재미없어지는 게 당연합니다. 그러므로 어느 시대, 어디에서나 쓸 수 있는 잘하는 것을 이해해둘 필요가 있습니다. 스킬, 지식은 '진짜로 하고 싶은 일'을 찾은 뒤에 그때 가서 필요하면 익히면 됩니다.

POINT

스킬, 지식에 얽매이면 인생에 한계가 생긴다.
재능을 깨달으면 인생이 자유로워진다.

결국, **하고 싶은 일이란** 무엇인가?

'하고 싶은 일'이란 '좋아하는 것'을 '잘하는 방법으로 하는 것'이므로, 그림으로 나타내면 이런 이미지가 됩니다.

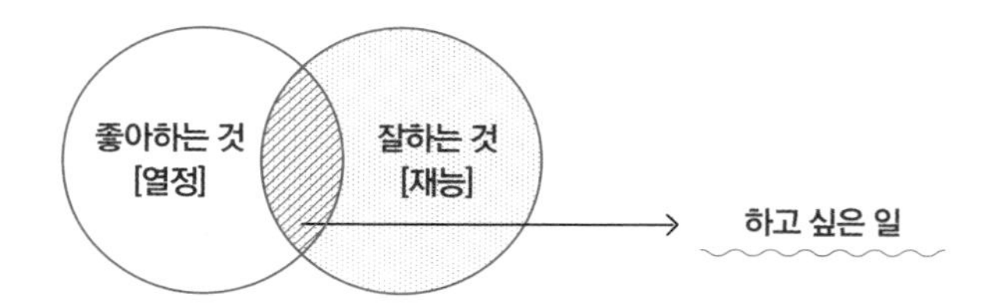

예를 들어 "난 패션이 좋아!"는 이 책에서 말하는 하고 싶은 일이 아닙니다. 관심 분야이므로 좋아하는 것으로 분류됩니다. "뭔가를 만들 때가 즐거워!"도 하고 싶은 일이 아니라 잘하는 것으로 분류할 수 있습니다. 그리고 이 2가지를 조합해 "패션 관련해 뭔가를 만들고 싶어!"가 되면 비로소 하고 싶은 일이 완성됩니다. 바꿔 말하면, '하고 싶은 일'은 'What(무엇을)×How(어떻게 하는가)'의 조합입니다. 'What=좋아하는 것'이고 'How=잘하는 것'입니다.

- What=패션
- How=뭔가를 만든다

· What × How=패션 관련해 뭔가를 만든다

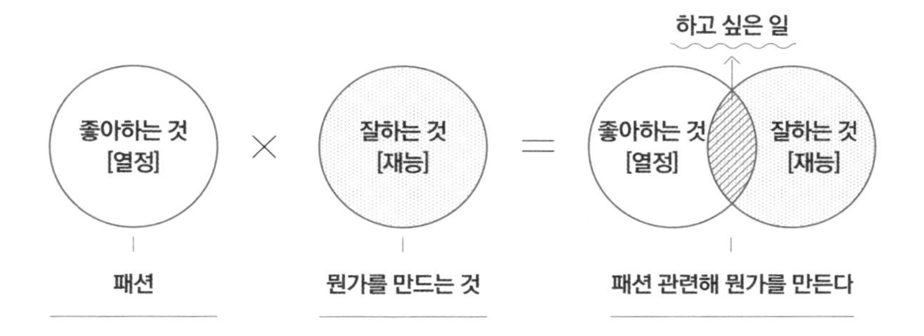

많은 사람이 'What'만을 생각한 결과, 직업 선택에 실패합니다. "음식을 좋아하니까 식품업계로 가자!"라는 단순 논리가 위험한 것은 그래서입니다. 그 회사에서 자신의 역할이 잘하는 것이 아닌 경우, 그 일은 고통일 따름입니다. 그러므로 "난 책이 좋아! 그러니까 서점에서 일해야지!"라는 생각에는 "잠깐!" 하고 브레이크를 걸어야 합니다. '책(What)'을 좋아한다고 해서 '서점에서 하는 업무(How)'를 좋아하라는 법은 없으니까요. 하고 싶은 일을 생각할 때는 구체적인 업무 내용(How)이 자신의 적성에 맞는지를 생각하는 게 중요합니다.

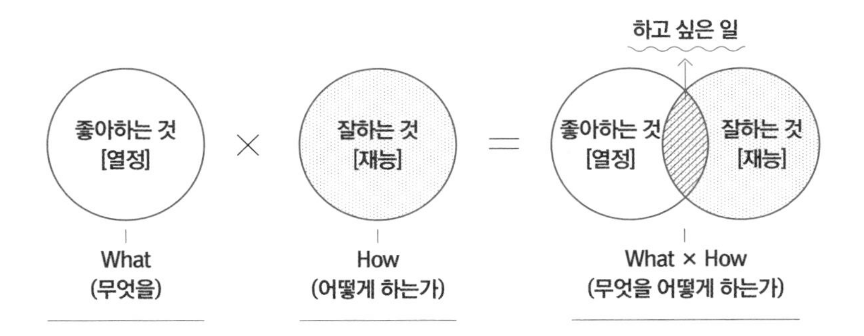

제 경우는 '자기이해의 체계를 세워 전하는 것'이 '하고 싶은 일'이고, '자기이해'가 '좋아하는 것'입니다. 자기이해에 대해서라면 언제나 흥미가 생깁니다. 그리고 '체계를 세워 전하는 것'이 '잘하는 것'이 됩니다. 날마다 공부한 내용을 정리해 다른 사람에게 이야기하는 것은 직업이 아니더라도 자연스럽게 하는 일이므로 무의식적으로 할 수 있는 잘하는 것입니다.

· What=자기이해
· How=공부해서 다른 사람에게 전한다
· What×How=자기이해를 공부해 다른 사람에게 전한다

'좋아하는 것'이 같아도 '잘하는 것'이 다르면, '하고 싶은 일'도 달라집니다.

예를 들어 좋아하는 것이 똑같이 자기이해라도 다른 사람의 이야기를 듣고 이끌어내는 것을 잘하는 사람이라면, 상대의 이야기를 들으며 스스로 깨닫도록 이끌어주는 것이 하고 싶은 일이 될 것입니다. 가령 책을 써도, 체계를 세워 설명하기보다는 독자에 대한 공감이 중심이 될 경우, 완성된 것은 지금 이 책과는 전혀 다른 것이 될 거라 생각합니다.

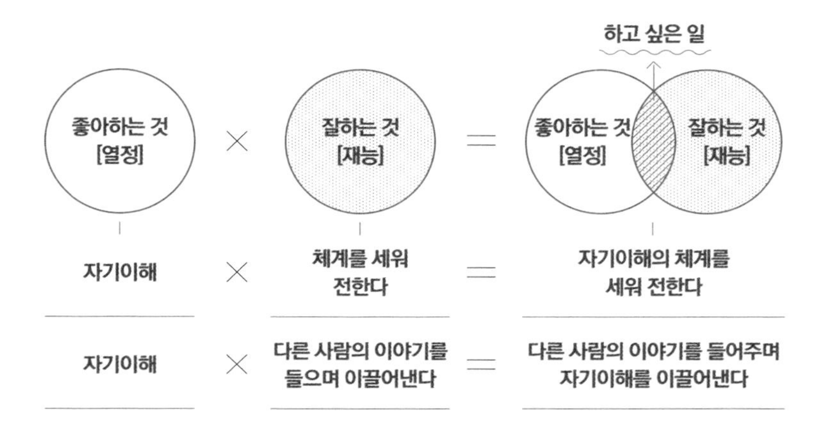

CHAPTER 3

또한 '잘하는 것'이 같아도 '좋아하는 것'이 다르면 '하고 싶은 일'도 달라집니다.

잘하는 것이 똑같이 체계를 세워 전하는 것이라도, 좋아하는 것이 스포츠인 경우에는, '스포츠에 대해 체계를 세워 전한다.'가 하고 싶은 일이 됩니다. 바로 이것이 이 책에서 말하는 '하고 싶은 일'의 정의입니다.

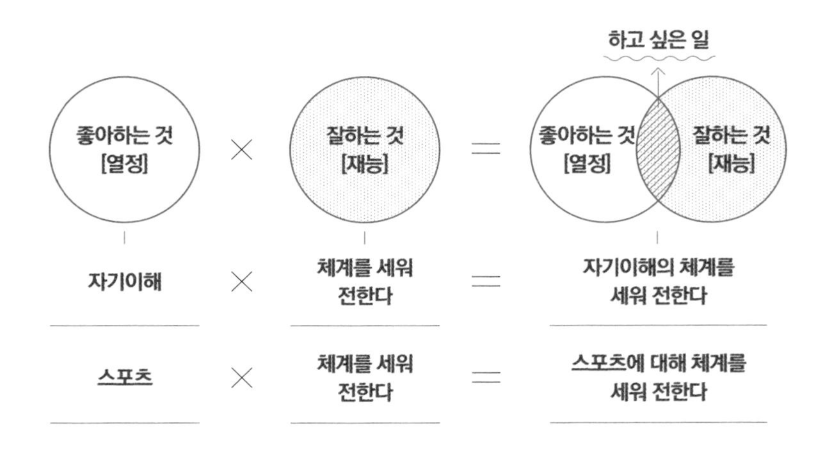

하고 싶은 일과 되고 싶은 것의 차이

'하고 싶은 일'과 비슷한 말로 '되고 싶은 것'이 있습니다. 하지만 이 둘은 완전히 다른 것입니다. "하고 싶은 일이 뭐예요?"라는 질문에 대해 "유튜버가 되고 싶어요."라고 대답하는 사람도 있습니다. 하지만 유튜버가 되고 싶다는 말 그대로 '되고 싶은 것'입니다. 자신이 하고 싶은 일을 직업명으로 생각하는 것은 2가지 이유에서 추천하지 않습니다.

이유1 '되고 싶은 것'을 생각하면 직업의 이미지에 주목하게 된다

첫 번째로 되고 싶은 것을 생각할 때는 '직업의 이미지'에 주목하게 되기 때문입니다. "사람들에게 주목받는 유튜버는 멋있어."라고 생각하고, 실제로 많은 이들이 유튜버가 되고 싶어합니다. 하지만 실제로 유튜버라는 직업은 기획, 촬영, 동영상 편집 등 눈에 띄지 않는 작업도 힘들게 느끼지 않는 사람이 성공합니다. 또 원하던 대로 '주목받기'까지는 매우 오랜 시간이 걸립니다. 따라서 일의 내용에는 흥미가 없으면서 이미지만 보고 시작한 경우에는 금세 좌절하고 말 것입니다.

반대로 하고 싶은 일을 생각할 때는 '일의 내용'에 주목하게 됩니다. 기획, 촬영, 동영상 편집과 같은 작업을 좋아한다면, 유튜버라는 직업은 매우 즐거울 것입니다.

흔히 부모님들은 자녀들에게 "나중에 커서 뭐가 되고 싶니?"라고 묻습니다. 하지만 이 질문은 적절하지 않습니다. 이렇게 물어보면 아이들은 지금 사회에서 이미지가 좋은 직업을 대답하기 때문입니다.

요즘 아이들에게 던져야 할 올바른 질문은 "지금 하는 게 재미있니?"입니다. 이렇게 질문하면 어떤 것에 흥미를 가지고 있는지 알 수 있어, 나중에 정말로 즐겁게 할 수 있는 직업으로 이어지기 쉽습니다. 더 나아가 지금 아이들이 사회에 진출하게 되었을 때는 '현재 존재하지 않는 직업'들이 새로 생기고, 반대로 현재 인기 있는 직업이 없어졌을 수도 있습니다.

이것은 이 순간 여러분의 직업 선택에 있어서도 바로 적용될 수 있습니다. 지금 하고 싶어하는 직업은 10년 후에는 존재하지 않을 가능성도 있다는 것을 알아야 합니다.

이유 2 '되고 싶은 것'을 생각하면 실현수단이 한정되어버린다

두 번째 이유는 되고 싶은 것을 생각하면 수단이 한정되어버리기 때문입니다.

예를 들어 '개그맨이 되고 싶다.'라고, 되고 싶은 것을 생각한 경우 '그럼 미디어에 노출이 되어야 한다.'라고 생각하기 때문에, 개그맨이 되는 기존의 루트밖에 눈에 안 들어오게 됩니다. 시간이 지나도 텔레비전과 같은 미디어에 못 나가게 될 경우, 개그맨이 되기를 포기하고 말겠지요. 하지만 자신이 하고 싶은 일을 생각하는 사람이라면 '남을 웃기는 일을 하고 싶다!'가 될 것입니다. 이거라면 텔레비전에 못 나가도

'유튜브를 이용하자!'라는 아이디어가 떠오릅니다. 혹은 '개그 만화를 그리자!'라는 또 다른 수단이 떠오를지도 모릅니다. '개그맨이 되고 싶다.'라고, 되고 싶은 것을 생각했을 때는 떠오르지 않던 루트가 보이기 시작하는 겁니다. 그리고 하나의 루트가 막혀버려도 포기하지 않고 다른 루트를 찾아 다시 도전할 수 있게 됩니다.

예를 들면, 예전에 '반드시 배우가 되고 싶다'라고 말하는 T씨가 있었습니다. "배우가 되기 위해 5년 동안 아르바이트를 하면서 무대에 섰지만, 먹고살기가 너무 힘들어요. 하고 싶은 일을 포기해야 할까요?"라는 고민 상담이었습니다. 이로 인해 아래와 같은 대화를 나누었습니다.

야기 : T씨가 '하고 싶은 일'은 무엇인가요?

T씨 : 배우입니다.

야기 : 그건 '되고 싶은 것'이고요. 배우가 돼서 뭘 하고 싶으세요?

T씨 : 음, 말로 설명하기가 좀 어려운데요. 무대에서 연기하는 게 좋아서, 제 연기로 사람들을 감동시킬 수 있는 그런 일을 하고 싶어요.

야기 : 그렇군요. 그럼 꼭 배우가 아니라도 T씨의 연기를 보고 사람들이 감동해 주면 되는 건가요?

T씨 : ……생각해 보니까 그러네요. 지금까지는 배우로 성공해야 된다고만 생각했는데, 배우가 아니라도 괜찮을 것 같아요.

야기 : 그럼 '배우'는 5년을 했어도 안 된다면 포기해도 괜찮지만, '연기로 다른 사람을 감동시키는 일'은 포기하지 말아주세요. 함께 다른 실현 방법을 찾아봅시다.

먼저 되고 싶은 것을 생각한 경우, '배우가 되어 무대에서 수입을 얻을 필요가 있다.'라고 생각하기 때문에 기존의 루트밖에 눈에 안 들어오게 됩니다. 그리고 배우로 잘 안 풀리는 경우에는 포기하기 쉽습니다.

하지만 자신이 하고 싶은 일을 생각하는 사람이라면, '연기로 다른 사람을 감동시키고 싶다!'가 되겠지요. 이거라면 꼭 무대에 서지 않아도 '유튜브에서 연기한다.'라는 아이디어를 떠올릴 수 있습니다. 혹은 '엔터테인먼트 레스토랑의 직원이 된다.'라는 수단도 떠오를지 모릅니다. 이처럼 '배우가 되고 싶다.'라고 되고 싶은 것을 생각했을 때는 떠올리기 힘든 루트가 보이기 시작합니다. 이렇게 하나의 루트가 잘 안 풀리는 상황이 벌어져도, 포기하지 않고 다른 루트로 개척할 수 있게 됩니다.

되고 싶은 것(직업)은 포기해도 괜찮습니다. 오히려 가망 없는 노력을 계속하는 건 시간과 에너지 낭비일 뿐입니다. 하지만 하고 싶은 일은 포기하지 말아주세요. 그것을 실현하는 루트는 어딘가에 반드시 있기 마련입니다.

POINT

되고 싶은 것(직업명)으로 하고 싶은 일을 생각해서는 안 된다.

공식 2

좋아하는 것×잘하는 것×소중한 것 =진짜로 하고 싶은 일

공식 ① '좋아하는 것×잘하는 것=하고 싶은 일'을 올바르게 이해했으면 그보다 한 단계 위인 '진짜로 하고 싶은 일'에 대해 알아봅시다.

지금까지 설명한 하고 싶은 일이 직업이 된다면, 그것만으로도 어느 정도는 몰입할 수 있습니다. 하지만 아직은 불완전합니다. 의자는 다리 2개로는 지탱할 수 없습니다. 다리가 3개는 되어야 비로소 흔들림 없이 지탱할 수 있습니다. 마찬가지로 일하는 방식도 3개의 기둥이 받쳐주어야 비로소 '진짜로 하고 싶은 일'이라고 할 수 있습니다.

· 일하는 방식을 정하는 데 있어 가장 중요한 '소중한 것'(가치관)

소중한 것
[가치관]

자기이해 방식의 마지막 요소는 '소중한 것'입니다. '가치관'이라는 명칭이 더 익숙한 분도 많을 겁니다. 공식① 좋아하는 것×잘하는 것=하고 싶은 일에서 설명한 하고 싶은 일은 행동을 나타냅니다. 한편, 소중한 것은 상태를 나타냅니다.

예를 들어 자유롭게 살고 싶다, 다른 사람에게 베풀며 살고 싶다, 안심하고 살고 싶다, 평온하게 살고 싶다, 열중해서 살고 싶다 등이 소중한 것의 예입니다. 전부 행동이 아니라 상태를 뜻합니다. 영어로 표현하자면 Doing과 Being이 됩니다.

'좋아하는 것×잘하는 것'이라는 행동뿐 아니라, 여기에 상태가 합쳐져야 비로소 '진짜로 하고 싶은 일'이 되는 것입니다.

하고 싶은 일	가치관
자기이해를 공부해 다른 사람에게 전하고 싶다 패션 관련해 뭔가를 만들고 싶다 춤으로 어린이들을 하나로 이어주고 싶다	자유롭게 살고 싶다 좋아하는 것을 하며 살고 싶다 다른 사람에게 베풀며 살고 싶다 평온하게 살고 싶다 열중해서 살고 싶다
무엇을 하고 싶은가	어떻게 살고 싶은가
Doing	Being

아무리 하고 싶은 일을 하고 있어도, 날마다 야근의 연속이라 내 시간이 없어 힘들다고 느낀다면, 그 방식은 자신에게 맞지 않는 것입니다. 그것은 소중한 것이 충족되지 못했기 때문입니다. 실은 시간적인 여유를 얻어 가족과 함께 저녁이 있는 삶을 누리고 싶은데, 매일같이 야근만 한다면 그 사람은 불행하겠죠. 하지만 "일이 내 인생에서 제일 소중해!"라고 생각하는 사람에게는 이런 상태야말로 이상적일 수도 있습니다. 오히려 일과 사생활을 명확하게 구분하는 환경에 불만을 느끼지 않을까요?

이처럼 하고 싶은 일을 하면서 거기에 더해 소중한 것까지 충족된 상태가 바로 '이게 내가 진짜로 하고 싶은 일이야!'가 됩니다.

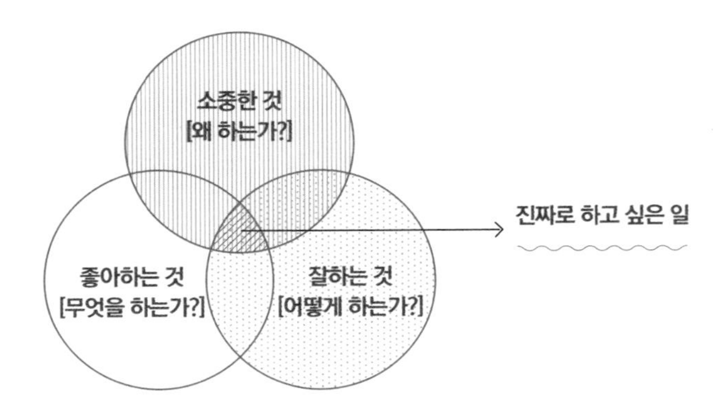

'무엇을 위해 일하는가?'라는 질문에 대한 대답이 '소중한 것'입니다.

자유롭게 살고 싶어서 일한다, 안심하고 살고 싶어서 일한다, 평온하게 살고 싶어서 일한다, 열중해서 살고 싶어서 일한다 등등, 물론 정답은 없습니다. 자신이 그 목적에 대해 진심으로 '이걸 위해 일하는 거야!'라고 말할 수 있다면, 일하는 목적은 뭐든지 OK입니다.

소중한 것에서 일의 목적 탄생

먼저 '소중한 것'은 자신의 내면으로 향하는 경우와, '타인과 사회'처럼 외부로 향하는 경우가 있습니다. 소중한 것이 자신의 내면으로 향하면 인생의 목적이 정해집니다. 소중한 것이 타인과 사회 같은 외부로 향하면 일의 목적이 결정됩니다.

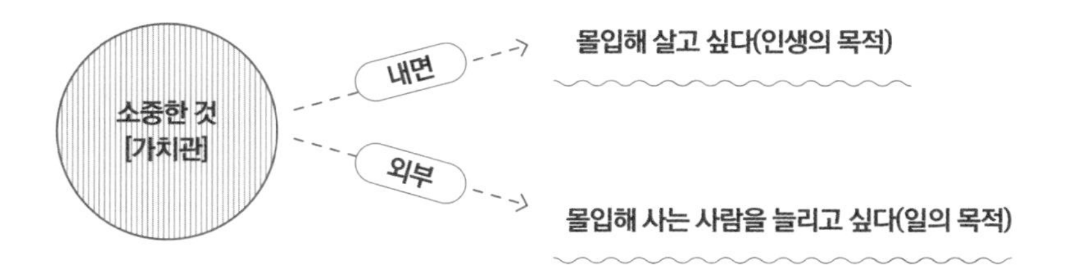

이 '일의 목적'은 매우 중요합니다. 다른 사람에게 공헌하고 있다는 실감을 얻는 것은 일에 있어 매우 큰 동기부여가 되기 때문입니다. 이 일을 하면서 가장 기뻤던 순간은 사람들로부터 "하고 싶은 일을 찾았어요!"라는 말을 들었을 때입니다. 그리고 제 자신이 "자기이해 프로그램을 만들길 정말 잘했다!"라고 느낀 순간이었습니다.

그럼 어떻게 하면 자신이 "진심으로 하고 싶은 일을 한 결과로서 이런 가치를 제공하고 싶다!"라고 느끼는 일의 목적을 찾을 수 있을까요?

그것은 소중한 것(가치관)이 명확해지면 저절로 찾을 수 있습니다.

예를 들면 개인적으로 '몰입'을 매우 중요하게 생각합니다. 무언가에 몰두할 때가 나에게는 최고로 행복하고 가치 있는 시간이라고 생각합니다. 그런 가치 있는 것을 나와 관계된 사람들도 얻었으면 합니다. 따라서 이 일의 목적은 '몰입해 사는 사람을 늘린다.'라고 정해놓고 있습니다. 큰 가치를 느끼는 일이기에, 최선을 다해 다른 사람들에게도 전달될 수 있도록 일을 넓혀나가고 있습니다. 그래서인지 몰입이라는 가치관에 공감해 준 분들이 속속 자기이해 프로그램을 수강하고 있습니다.

자신이 가진 소중한 것(가치관)이 내면으로 향하면 삶의 태도가 정해집니다. 그 소중한 것(가치관)이 타인이나 사회 같은 외부로 향하면 일의 목적이 정해집니다. 그런 일을 만들어내기 위해서는 먼저 가치관을 명확히 해야 합니다.

POINT

하고 싶은 일=무엇을 할 것인가?
소중한 것(가치관)=무엇을 위해 사는가, 라는 인생의 목적
일의 목적=주위 사람, 사회를 어떤 상태로 만들고 싶은가?

진짜로 하고 싶은 일의 구체적인 예시

먼저 '왜 일을 하는가?'라는 질문에는 '소중한 것'으로 대답할 수 있습니다. '무슨 일을 하는가?'라는 질문에는 '좋아하는 것'으로 대답할 수 있습니다. '어떻게 일하는가?'라는 질문에는 '잘하는 것'으로 대답하면 됩니다. 이 3가지가 어우러져 What · How · Why라는, 일의 방식을 결정하는 3요소가 완성됩니다.

What(무엇을) × How(어떻게 하는가) × Why(왜)
= What × How × Why(무엇을 어떻게 하는가. 그것은 왜)

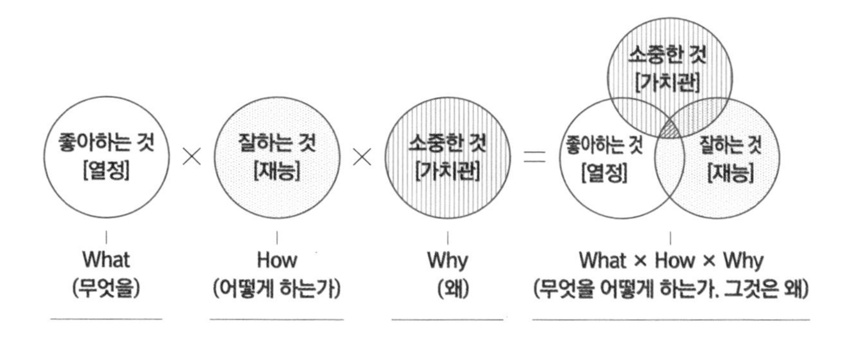

예를 들어 제가 하는 일을 다음과 같이 정리해 볼 수 있습니다.

· What=자기이해

· How=체계를 세워 전한다

· Why=인생에 몰입하고 싶고, 다른 사람도 그렇게 되길 바란다

그다음으로는 이렇게 이어집니다.

· What×How×Why=인생에 몰입하기를 바라기 때문에,
 자기이해 체계를 세워 다른 사람에게 전한다

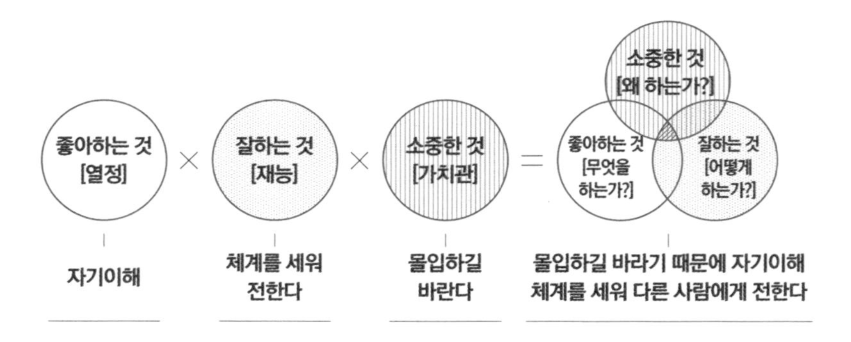

또 다른 조합으로도 가능합니다.

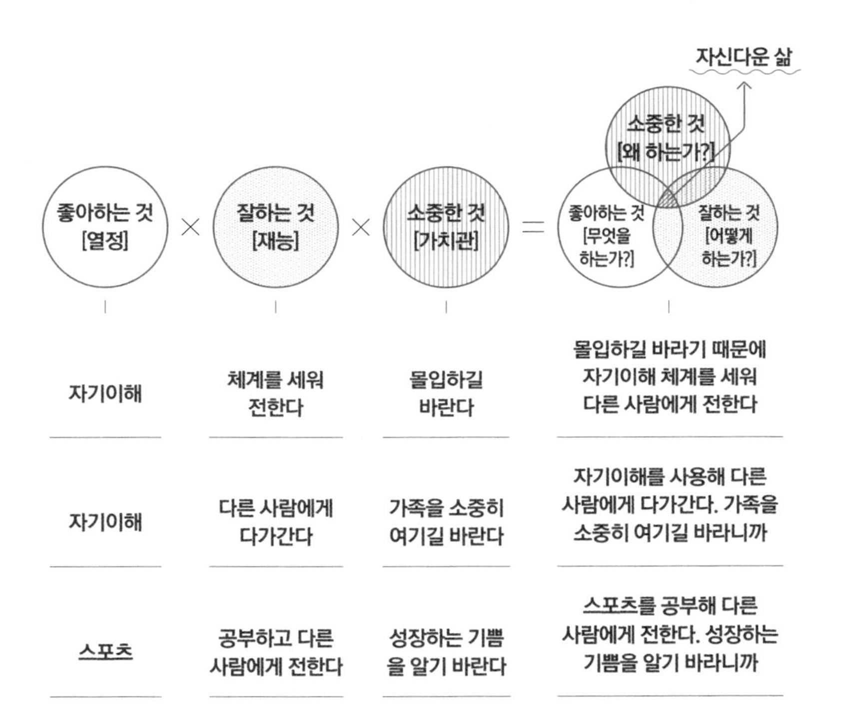

하고 싶은 일을 찾기 위해 뭐부터 해야 좋을지 몰라 길을 잃고 마는 사람도 많을 거라 생각합니다. 하지만 지금까지 설명한 3가지 요소를 찾아내서 이렇게 체계를 가지고 조합하면 조금씩 자신의 길이 보이지 않을까요? 이제부터 하나씩 스텝을 밟아 3가지 요소를 찾는 방법을 설명할 테니 한번 시도해 보기를 바랍니다.

POINT

3가지 요소를 조합하면 '진짜로 하고 싶은 일'을 찾을 수 있다.

취직, 이직의 면접에도 활용 가능

취직, 이직 준비를 할 때 무엇에 중심을 두고 진행해야 할지 몰라 망설이던 사람도 이 3가지만 명확히 하면 불안함이 사라집니다.

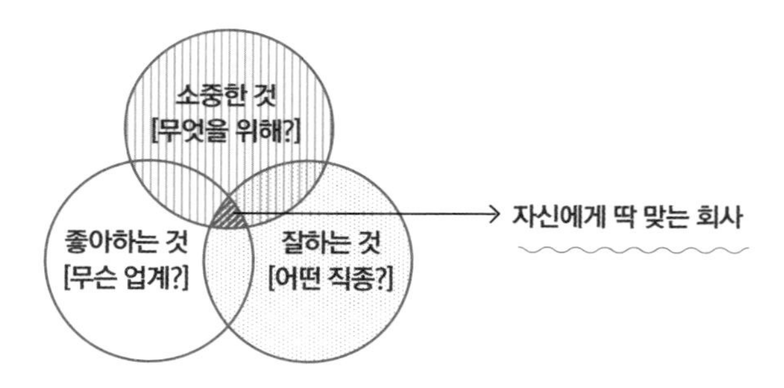

현재 사회에 무수히 많은 기업을 이 3개의 필터로 걸러봅시다. 그러면 극소수의 기업만 남게 됩니다. 또 이 3가지가 명확하면, 자신감을 가지고 면접에 임할 수 있습니다.

· 좋아하는 것 → 왜 이 업계인가?

· 잘하는 것 → 어떻게 이 일에서 성과를 낼 것인가?

· 소중한 것 → 왜 이 회사인가?

이렇게 면접 때 흔히 받는 이 질문들에 대해 명확한 근거를 가지고 대답할 수 있게 되기 때문입니다.

POINT

3가지 관점에서 자신을 알면, 취직, 이직 활동에도 적용할 수 있다.

자기 이해 방식의 규칙 1

'좋아하는 일을 하며 산다'는 생각은 버린다

지금까지 '자기이해 방식의 3가지 기둥'에 대해 설명했습니다. 여기서부터는 그 방식을 실행에 옮기기 위한 3가지 규칙을 소개합니다.

요즘은 다양한 매체의 영향으로 '좋아하는 일을 하며 살고 싶다.'라고 하는 사람들이 많이 늘어났다고 생각합니다. 그러나 '좋아하는 일을 하며 산다.'라는 개념은 이 책에서는 다루지 않습니다. 좋아하는 것은 어디까지나 일의 목적을 실현하기 위한 '수단'이기 때문입니다.

물론 자기이해 방식의 한 요소인 좋아하는 것은 충족되는 편이 좋습니다. 흥미 없는 일보다는 흥미 있는 일을 하는 편이 좋은 건 당연합니다. 하지만 그 좋아하는 것을 직업으로 삼는 게 목적이 되어버리면 안 됩니다.

이 '좋아하는 일을 하며 산다.'에는 중대한 문제점이 있습니다. 그것은 좋아하는 것을 직업으로 삼고 싶어 하는 사람은 '일의 목적'을 잃고 실패하는 경우가 많다는 점입니다. 이 문제점에 대해 음식점을 예로 들어볼까요. 먼저 첫 번째 패턴입니다. 음식점에 들어갔을 때 '왠지 분위기가 별로인데.'라는 생각이 들 때가 있지 않나요? 그것은 그 음식점이 일의 목적을 잃고 흔들리고 있기 때문입니다.

· 찾아온 고객이 '건강'해지기를 바라는가

· 만남을 통해 새로운 '가능성'을 모색하는 곳으로 만들고 싶은가

· 고향에 돌아온 듯한 '편안함'을 주고 싶은가

이런 것들을 음식점의 '일의 목적'으로 생각할 수 있습니다. 이 일의 목적을 실현하고자 할 때, 요리는 수단에 불과합니다. 혼자 자기만족으로 '아무튼 좋아하는 요리를 하자.'라는 마음가짐으로는 결코 성공할 수 없습니다. 고객이 그 가게에 오는 것은 '음식을 먹기' 위해서만이 아니라, 건강과 안정감, 편안한 시간처럼 그 너머에 있는 가치를 원하기 때문입니다.

그 가치관이 명확하지 않으면 누구나 환영인 가게가 되어버립니다. 요즘 실내 흡연 공간이 있는 식당이나 키즈카페처럼 아이들 노는 공간이 큰 음식점도 있는데, 그것은 어찌 보면 음식 그 너머의 가치를 추구하는 사람들에게는 불편하기 때문에 결국 그런 가게는 손님이 점점 줄어들 수밖에 없습니다. 수많은 음식점으로 선택지가 많아진 요즘, 누구나 환영인 음식점으로는 좋은 성과를 얻기는 힘듭니다.

어쩌면 '좋아하는 일을 직업으로 삼는다.'라고 하면 자신은 만족할 수 있습니다. 하지만 타인에게 가치를 제공하기는 어렵습니다. 돈이란 타인에게 제공한 가치만큼 받을 수 있기 때문에 자기만족으론 많은 수입을 얻을 수도 없습니다.

두 번째는 시대의 변화로 인해 좋아하는 일을 계속하기 힘들어지고 있다는 것입니다.

현재, 코로나 바이러스로 인해 요식업계가 매우 어렵습니다. 이런 상황에서 음식점은 어떻게 하면 좋을까요?

자신이 지금 운영하는 음식점을 고집할 게 아니라 '애초에 무엇을 위해 음식점을 창업했던가?'라는 일의 목적으로 돌아갈 필요가 있습니다. '편안함'을 제공하고 싶다면, 그러기 위해 자신이 할 수 있는 일이 무엇인지를 생각해야 합니다. '가능성'을 제공하고 싶다면, 그러기 위해 자신이 할 수 있는 일이 무엇인지를 생각해야 합니다. 어쩌면 그건 음식점과는 다른 분야일지도 모릅니다. 이는 '내가 좋아하는 건 음식점이야!'라고만 생각하는 사람에게는 어려운 일입니다.

다음으로는 무엇을 해야 좋을지 몰라 망연자실하겠지요.

저 역시 자기이해를 좋아하지만, 평생 하려고 생각하지는 않습니다. 언젠가 자기이해가 필요 없어지는 때가 올 것이기 때문입니다. 그때가 되면 '다른 사람들을 몰입하게 만들려면 어떻게 해야 좋을까?'를 다시 생각하고, 다음번 좋아하는 뭔가를 찾아 직업으로 삼게 될 겁니다.

좋아하는 것은 어디까지나 수단에 불과하며 고집해서는 안 된다는 사실을 명심합시다. 그러므로 먼저 소중한 것에서 태어나는 일의 목적부터 찾는 게 자기이해 방식의 규칙입니다.

POINT

자기이해 방식의 규칙 ①

'좋아하는 것'은 수단.

'소중한 것'을 먼저 찾는다.

자기 이해 방식의 규칙 2

'좋아하는 것'에 앞서 '잘하는 것'부터 찾는다

"하고 싶은 일을 찾을 때는 금전적인 제약이나 '할 수 있느냐, 없느냐.'는 일단 제쳐놓고 생각합시다. 뭐든지 다 할 수 있다면 무엇을 하고 싶습니까?"

'하고 싶은 일' 찾기에 관한 책에서 흔히 볼 수 있는 이러한 문장은 "맞아, 지금까지 하고 싶은 일을 못 찾은 건 할 수 있는지부터 계산했기 때문이야!"라고 생각하게 만드는 힘을 가지고 있습니다. 처음에 하고 싶은 일이 뭔지 모르고 고민할 때 이 문장을 만났습니다. 그리고 '뭐든지 다 할 수 있다면 무엇을 할까?'라고 생각하기 시작했습니다.

하지만 솔직히 아무것도 떠오르지 않았습니다. 머릿속에서 뭔가 생각날 것 같다가도 "하지만 돈이 없는데." "이제 와서 한다고 해봤자."라고 사고에 브레이크가 걸려, 하고 싶은 일을 찾을 수 없었습니다. 모든 제약을 배제하고 생각할 수 있다면, 아마 하고 싶은 일은 찾을 수 있겠지요. 하지만 현실에는 다양한 제약이 있습니다. 그 제약을 배제하고 생각할 수 있다면, 애당초 하고 싶은 일이 뭔지 몰라 고민하는 일도 없습니다.

그렇다면 사고의 제약을 배제할 수 없는 우리는 어떻게 하면 좋을까요?

'진짜로 하고 싶은 일'을 찾을 때, 먼저 '소중한 것'부터 찾아야 한다고 규칙①에서 설명했습니다. 다음은 '직업이 될 수 없다.'라는 사고의 브레이크를 풀기 위해 '잘하는 것'을 찾도록 합시다.

이것이 지금까지 많은 사람에게 자기이해를 전해오면서 도달한 결론입니다. 포인트는 '좋아하는 것'을 찾기에 앞서 반드시 '잘하는 것'을 찾는 게 먼저입니다. 많은 사람이 '내가 뭘 하고 싶은지 모르겠다.'라고 고민하는 것은 이 순서가 틀렸기 때문입니다.

하고 싶은 일을 찾지 못하는 가장 큰 이유는 '찾아도 직업으로 삼을 수 없을 것 같다.'라는 사고의 브레이크가 있기 때문이라고 앞서 설명했습니다. 뒤집어 말하면, 뭐든지 직업으로 삼아 먹고살 수 있다는 자신감만 있으면 하고 싶은 일은 매우 찾기 쉬워집니다.

그 자신감을 얻기 위해 자신이 잘하는 것을 명확히 해두는 것이 중요합니다.

자신이 잘하는 것은 '잘하는 업무 방식'이자 '어떤 상황에서나 활용 가능한 장점'이라고도 말할 수 있는 무엇입니다.

다시 말해 잘하는 것에 확신이 있다면, 자기 나름의 방식으로 좋아하는 모든 걸 직업으로 삼아 먹고살 수 있습니다. 그런 확신만 있으면 사고의 브레이크가 풀려 하고 싶은 일은 저절로 찾을 수 있습니다. 그러므로 잘하는 것부터 먼저 명확히 해둘 필요가 있습니다.

제 경우에도 진짜로 하고 싶은 일에 도달하기 전에는 '생각한 바를 다른 사람들에게 전한다.'라고 하는, 잘하는 것을 철저하게 단련하고 있었습니다.

과거 “이게 내가 하고 싶은 일이라는 확신은 없지만, 잘하니까 성과는 낼 수 있어.”라는 게 블로그에 글을 쓰는 일이었습니다. 글쓰기는 원래부터 자신 있었기 때문에 크게 노력하지 않아도 성과를 낼 수 있었습니다. 성과가 나오자 “이거라면 어떤 일이든 직업으로 가능하지 않을까?”라는 자신감도 생긴 것입니다. 그 자신감이 있었기에, 내가 좋아하는 것을 찾아 하고 싶은 일을 직업으로 삼을 수 있었습니다. 그러니 여러분도 이 순서대로 진짜로 하고 싶은 일을 찾아야 합니다.

1. 소중한 것
2. 잘하는 것
3. 좋아하는 것

POINT

자기이해 방식의 규칙 ②
‘좋아하는 것’에 앞서 ‘잘하는 것’을 찾는다.

자기 이해 방식의 규칙 3

'상세한 실현수단'부터 생각해선 안 된다

'자기이해'에서 하면 안 되는 것이, 맨 먼저 '실현수단'을 머리 아프게 생각하는 일입니다.

블로그를 해볼까, 유튜브를 해볼까, 프로그래밍을 배울까, 어떤 회사로 이직할까, 독립을 할까, 사업을 해볼까, 영어공부를 할까 등등, 그런 것은 중요하지 않습니다. 다 '진짜로 하고 싶은 일'을 찾은 후에 생각하면 되는 일이기 때문입니다.

마치 여행의 목적지도 안 정해졌는데 비행기로 갈지 전철로 갈지를 생각하는 것과 완전히 똑같습니다. 먼저 진짜로 하고 싶은 일이라는 목적지를 결정합시다. 실현수단을 생각하는 것은 그다음입니다.

'어떤 회사에 취직할까.'도 자신이 진짜로 하고 싶은 일을 실현하기 위한 수단일 뿐입니다. 일시적으로 "이 회사가 최고야!"라고 느껴지는 회사를 만났다고 합시다. 그러나 회사는 시대의 변화에 따라 그 안에 있는 사람도, 실적도, 사업내용도 달라집니다.

수단에 불과한 '회사'를 일의 중심에 두면, 그런 변화가 일어났을 때 "어라, 내가 무엇 때문에 일하는 거지?"라는 당혹감을 느끼게 됩니다. 인생의 목적이라는 관점에서 일을 생각하면, 그 회사가 수단으로서 적절하지 않게 된 경우에는 망설임 없이 이직, 혹은 독립할 수 있습니다.

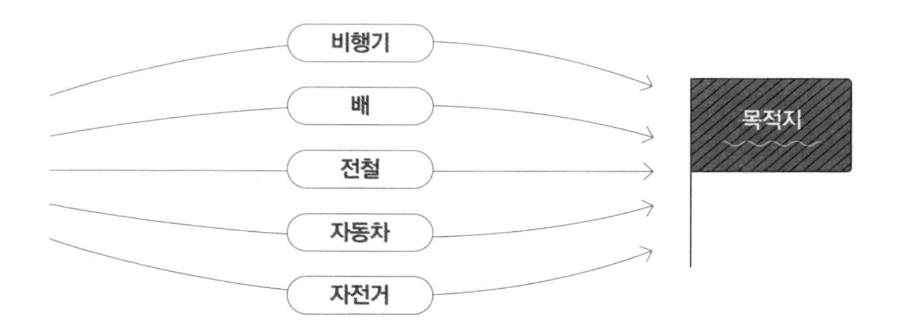

다시 한번 강조하지만, **회사는 인생의 목적에 다가가기 위한 수단에 불과합니다.** 그 회사에서 자신의 이상을 이룰 수 없다고 판단되면 수단을 바꿔야 합니다.

여행의 목적지가 정해지면, 적당한 이동수단은 저절로 정해집니다. 마찬가지로 진짜로 하고 싶은 일이 명확해지면 실현수단은 저절로 정해지므로 미리 생각할 필요는 없습니다. 그리고 실현수단은 얼마든지 바꿔나가도 되는 것입니다. 그러니 먼저 '공식② 진짜로 하고 싶은 일'을 명확히 합시다.

POINT

자기이해 방식의 규칙 ③

블로그, 유튜브, 사업, 이직 등 상세한 실현수단은 나중에 생각한다.

여러분이 '하고 싶은 일' 찾기를 이루기 위한 순서를 한번 정리해 보겠습니다.

먼저 자신의 소중한 것(가치관)을 찾아, 거기서 '무엇을 위해 일하는가?'라는 일의 목적을 정하기 바랍니다.

제 경우는 '몰입해서 사는 사람을 늘리는 것'이 목적입니다.

하고 싶은 일은 이 일의 목적을 실현하기 위한 수단입니다. 다음으로, 하고 싶은 일을 찾습니다. 그때는 잘하는 것부터 찾아야 합니다. 이것은 '내가 잘하는 것을 활용하면 뭐든지 직업이 될 수 있다.'라는 자신감을 얻기 위해서입니다. 그리고 마지막으로 좋아하는 것을 찾기 바랍니다.

			야기 짐페이	여러분
CHAPTER 4	일의 목적		몰입하는 사람을 늘린다	
CHAPTER 5	하고 싶은 일	잘하는 것	체계를 세워 전한다	
CHAPTER 6		좋아하는 것	자기이해	
CHAPTER 7		잘함 × 좋아함	자기이해의 체계를 세워 전한다	
CHAPTER 8	수단		프로그램, 책, 블로그	

제 경우는 잘하는 것은 '체계를 세워 알리는 것'이고, 좋아하는 것은 '자기이해'입니다. 이 둘을 조합해 '자기이해의 체계를 세워 알리는 것'이 하고 싶은 일입니다.

'몰입해서 사는 사람을 늘리기 위해 자기이해 체계를 세워 전하는 것'이 '진짜로 하고 싶은 일'입니다. 마지막으로, 진짜로 하고 싶은 일이 정해지면 그것을 실현하기 위한 '수단'을 결정합니다. 프로그램을 운영한다, 책을 쓴다, 유튜브에 동영상을 올린다, 블로그에 글을 쓴다 등의 수단을 활용하고 있습니다. 정리하면, '몰입해서 사는 사람을 늘리기 위해 자기이해 체계를 세워 전하고 있습니다. 그러기 위한 수단으로 자기이해 프로그램을 운영하고 있습니다.'가 됩니다. 여러분도 이 책을 다 읽은 후에는 이런 일직선 상태로 생각을 정리하게 되고, 인생에서 망설임이 조금씩 사라지게 될 겁니다.

How to find what you want to do.

CHAPTER 04

인생을 이끄는 나침반, 소중한 것을 찾는다

지속적으로 동기부여를 자극하는 일을 만드는 법

어떻게 하면 도중에 동기부여가 사라지지 않고, 자신의 일에 지속적으로 몰입할 수 있을까요?

제 멘토에게 들은 이야기를 해볼까 합니다. 일과 같은 뜻인 '아키나이(商い 장사, 상업)'라는 말이 있습니다. '아키나이'의 본질은 '싫증 나지 않는' 것이라고 들었습니다(일본어로 '싫증 나지 않는다'라는 뜻의 '아키나이'와 발음이 같음-옮긴이). 다른 사람에게 아무리 감사받고 돈을 잘 벌어도, 자신이 흥미 없는 일은 싫증이 나게 마련입니다. 그렇다고 자신이 하고 싶은 일만 고집하며 시대를 따라가지 못하면 고객도 싫증이 납니다. 자신과 타인이 모두 싫증 나지 않는 게 좋은 일(장사)이라는 가르침이었습니다.

일단 자신이 싫증 나지 않는 게 절대조건입니다. 자신이 싫증 나지 않고 하고 싶은 것으로 어떻게 다른 사람을 즐겁게 해줄 수 있는지 생각하는 게 진정한 일이라는 뜻이겠지요.

하루는 어느 간호사분이 상담하러 찾아왔습니다. "환자분들이 고맙다고 말씀해 주시면 정말 기쁘지만, 저는 이 일이 너무 힘들어서 오래는 못 하겠어요."라는 이야기였습니다. 사람들이 아무리 필요로 해도 본인이 힘들면 그 일은 계속할 수 없습니다.

하지만 하고 싶은 일이라면, 자신이 즐기면서 다른 사람도 기쁘게 해 줄 수 있습니다. 타인에게 공헌하기를 원하는 사람일수록 자신이 하고 싶은 일을 반드시 찾을 필요가 있습니다.

반대로 자신은 싫증 나지 않는 일이라도, 타인이 원하지 않으면 계속할 수 없습니다. 그 일은 직업이 아닌 '취미'가 되어버리기 때문입니다. 취미에는 기본적으로 돈이 들지요. 따라서 수입을 얻기 위해 또 따로 일을 해야 합니다.

"하고 싶은 일을 계속하면 직업이 된다!"라고 말하는 사람도 있지만, 그것은 틀린 말입니다. 누구에게 어떻게 전할지를 잘 생각하지 않으면, 아무리 하고 싶은 일을 계속해도 그것은 자기만족에 그칠 뿐입니다. 자신과 타인이 모두 '질리지 않는' 것이 좋은 일의 조건입니다.

그럼 어떻게 하면 그런 일을 만들 수 있을까요?

이때 가장 중요한 것이 '소중한 것(가치관)'입니다. '난 이렇게 살고 싶어!'라는 인생의 목적과, '다른 사람들에게 이런 영향을 주고 싶어!'라는 일의 목적, 이것이 하나의 선으로 이어졌을 때 우리는 일에 몰입할 수 있습니다. 그 중심이 되는 것이 소중한 것(가치관)입니다.

지금도 '나 자신이 몰입해 살기를 간절히 바라고, 또한 몰입해 사는 사람을 늘리고 싶다.'라고 생각합니다. 이것이 나의 소중한 것(가치관)입니다. 그리고 그런 몰입이라는 상태를 더 많은 사람에게 전하고자, 되도록 많은 사람이 몰입할 수 있는 일을 찾도록 돕는 것을 직업으로 삼고 있습니다.

CHAPTER 4

다시 말해 소중한 것(가치관)을 중심으로 직업을 만들면, '자신이 충족되어 싫증 내지 않고 일할 수 있으며' 나아가 '타인들도 충족되어 싫증 내지 않고 일할 수 있다.'라고 정리할 수 있습니다.

POINT

가치관을 중심으로 일을 만들면,
동기부여가 도중에 사라지지 않는다

미리 이해해둬야 할 **목표와 가치관의 차이**

흔히 '소중한 것(가치관)'으로 착각하기 쉬운 게 바로 '목표'입니다.

간단히 차이를 설명하면, 소중한 것(가치관)은 '지속적으로 나아가는 인생의 방향'이고, 목표는 '그 길 도중에 있는 체크포인트'입니다. 얼마나 왔는지를 확인하기 위해 목표가 필요합니다. 가치관은 자신이 향하는 방향을 보여주는 것이고, 목표는 자신이 나아갈 거리를 정하는 것입니다.

· 가치관=방향

· 목표=거리

자신이 어디로 향하는지도 모른 채 줄기차게 달리는 것은 쳇바퀴를 돌리는 햄스터와 같습니다.

어느 날 "목표를 달성하면 의욕이 사라져버린다."라고 고민하는 사람이 있었습니다. 의욕이 사라져버리는 것은 가치관을 의식하지 않고 목표를 세웠기 때문입니다. 그런 목표는 달성해도 행복해질 수 없습니다. 달성한 후, 그다음 목표가 없거나 찾지 못하기 때문입니다.

한때 "매달 100만 엔을 벌자!"라는 목표를 세우고 노력하던 시기가 있었습니다. 무사히 그 목표를 달성했지만, 그 후 의욕을 잃어 동기부여가 생기지 않고 우울증 상태에 빠지고 말았다는 이야기는 앞에서도 했습니다. 주변의 기업 경영자에게 의논하자, 그분은 "목표가 너무 낮아. 매달 1,000만 엔을 벌겠다는 큰 목표를 세워봐."라고 조언해 주셨습니다.

곧이곧대로 받아들이고 "다음은 월 1,000만 엔을 벌자!"라는 목표를 세워봤지만, 전혀 동기부여가 생기지 않았습니다. 당연한 결과입니다. 나 자신이 원하는 것은 돈이 아니라, 돈 너머에 있는 다른 것이었기 때문입니다.

그 이후로 목표를 설정하는 방법을 완전히 바꾸었습니다. 먼저 가치관을 정하고, 그 가치관을 충족시키기 위해 필요한 목표를 세우고 있습니다. 예를 들면 '나 자신이 몰입해 살고, 또한 몰입해서 사는 사람을 늘리고 싶다.'라는 가치관을 가지고 있습니다.

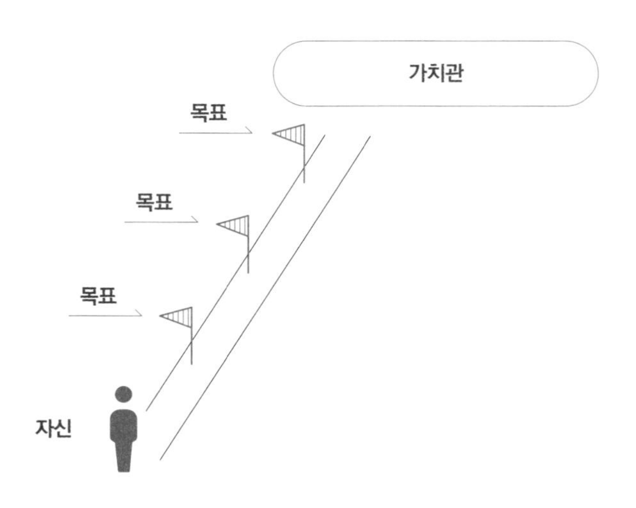

그러므로 필요한 돈은, 자기이해를 더 깊이 공부하면서 먹고살 수 있는 정도입니다. 계산해 보니 한 달에 50만 엔 정도면 원하는 만큼 공부하며 지속적으로 몰입해 살 수 있습니다. 더 많은 돈은 목표로 하지도 않으며, 목표로 해도 동기부여가 생기지 않습니다.

지금은 얼마나 많은 사람이 자기이해 프로그램을 수강하고 결과를 내는지를 목표로 정해놓고 있습니다. 프로그램을 수강하는 사람이 많아지면 당연히 수입도 늘어나겠지만, 그것은 어디까지나 '얼마나 많은 사람에게 영향을 주었는지 확인하기 위한 숫자'에 불과합니다.

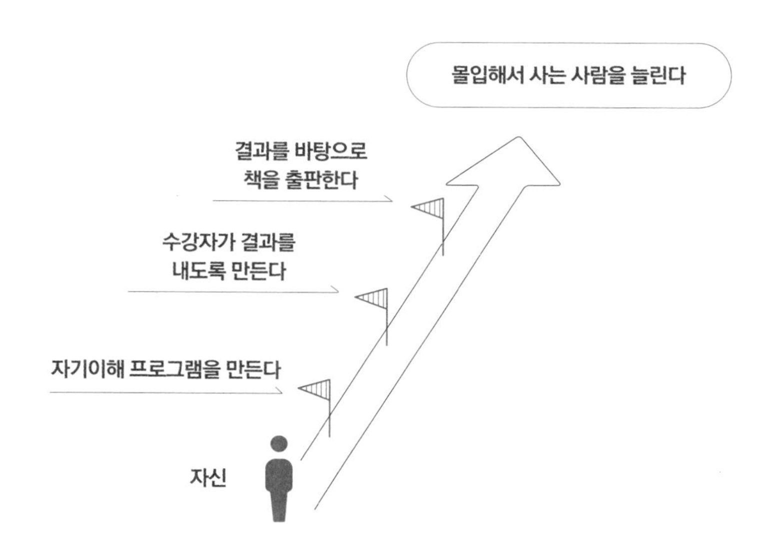

여러분은 지금 세워놓은 목표에 대해 동기부여가 생기고 있습니까? 만약 동기부여가 별로 안 생긴다면, 그것은 자신의 가치관에 어긋나기 때문입니다. 자신이 나아가고 싶은 방향과 다른 곳에 목표의 깃발을 꽂고 있는 것은 아닐까요?

가치관을 모르는 사람은 눈앞의 목표만 을 세우고 계속해서 헤맨다

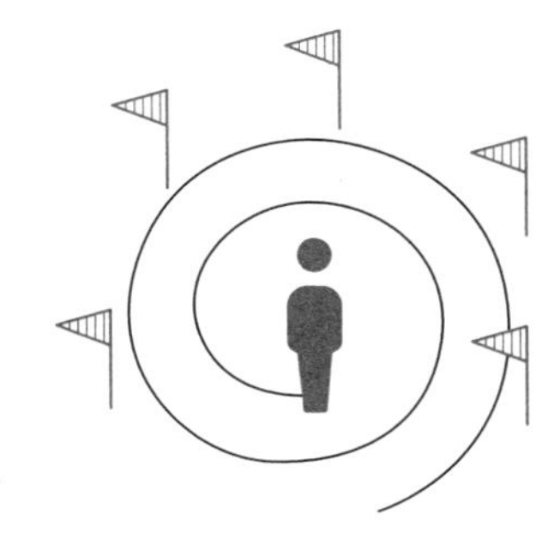

가치관

자신이 진정으로 가치를 느끼는 일이라면, 동기부여가 안 생겨 고민하는 일은 있을 수 없습니다. 지금 동기부여가 안 되어 고민하고, 어떻게 해야 동기부여를 만들 수 있는지를 생각하고 있다면, 그 시점에서 현재 나아가고 있는 길은 잘못된 것일 확률이 높습니다.

당장 눈앞의 동기부여를 높이는 방법을 배울 게 아니라 인생의 목적을 명확히 해서, 동기부여를 높이는 방법 따위는 생각하지 않아도 되는 목표를 세우기 바랍니다.

POINT

가치관은 지속적으로 나아가는 인생의 방향이다.
목표는 그 도중에 있는 체크포인트이다.

진짜 가치관과 가짜 가치관 구분하는 방법

자신의 가치관을 찾을 때 한 가지 주의할 점이 있습니다. 가치관에는 정답이 없다는 겁니다. 다른 사람에게 이야기했을 때 전혀 공감을 얻지 못해도 자신이 '이렇게 살고 싶다!'라고 생각한다면, 그것은 어엿한 가치관입니다. '이렇게 살아야 한다.'라는 가짜 가치관을 자신의 가치관으로 착각하지 않도록 주의합시다. 이것은 부모와 사회라는 외부 세계에서 은연중에 주입된 다른 사람의 가치관입니다. 자신의 가치관을 모르고 살면, 어느새 주위 사람들의 기대에 떠밀린 인생을 살게 됩니다.

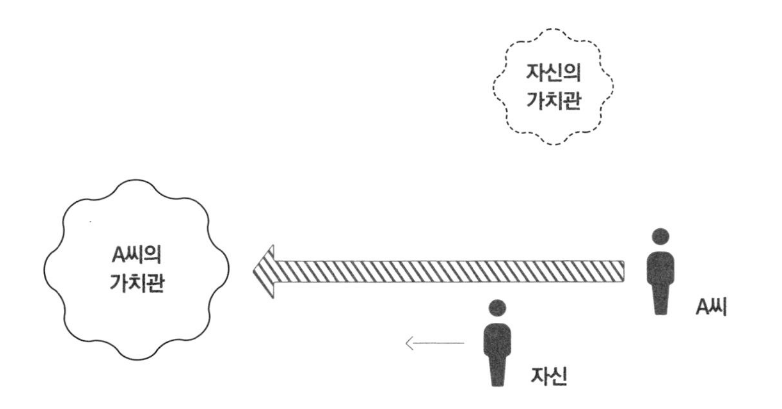

예전에 이런 함정에 빠진 사람이 있었습니다. 그분은 부모님에게 항상 "더 성장해야 돼."라는 말을 들으며 자랐습니다. '성장'이라는 가치관을 배워온 것입니다. 그 영향으로 지금까지 "내가 성장할 수 있는 직업이 뭘까."를 생각하며 직업을 찾았고, 힘들어도 성장하기 위해 이를 악물고 버텨왔다고 합니다.

하지만 본인에게 "성장하고 싶으세요?"라고 물었더니, "성장하지 않으면 안 된다고 생각해요."라는 대답이 돌아왔습니다. 성장하지 않으면 안 된다, 성장해야 한다는 말은 그것이 본인의 생각이 아니라 부모님에게 배워온 '가짜 가치관'에 지나지 않음을 보여주는 것이지요.

그럼 자신이 지속적으로 추구하고 싶은 인생의 목적은 무엇일까? 하고 생각한 결과, '발견'이라는 가치관에 도달했습니다. 똑같은 일의 반복이 아니라, 날마다 새로운 깨달음(발견)이 있는 것이 자신에게 가장 즐거운 상태임을 알게 된 것입니다.

자신의 가치관을 알았으면, 그다음으로 가짜 가치관이 섞이지 않았는지 확인해야 합니다.

하나, 하나에 '이것은 ~하고 싶은가?' '이것은 ~해야 하는가?'라고 질문을 던져보세요. '~해야 한다.' '~하지 않으면 안 된다.'라는 말이 나온 경우, 그것은 타인의 기대일 뿐, 자신이 진정으로 원하는 것은 아닙니다. 그것을 추구한다면 후회만 남게 될 뿐입니다.

POINT

'~하고 싶다.'가 진짜 가치관.

'~해야 한다.'는 부모, 사회가 강요한 가짜 가치관.

work 진짜 가치관을 찾아내는 5가지 단계

그럼, 이제 여러분이 '난 이걸 위해 산다!'라고 진심으로 느낄 수 있는 가치관을 찾아봅시다. 이를 위해서는 5가지 단계를 거쳐야 합니다.

1. 질문에 대답하며 가치관 키워드를 리스트로 만든다.
2. 가치관을 마인드맵mind map으로 정리한다.
3. 타인 축의 가치관을 자신 축으로 전환한다.
4. 가치관 순위를 만든다.
5. 일의 목적을 정한다.

하나씩 단계를 밟아나가면 어렵지 않습니다. 먼저 흐름을 이해하기 위해 한 번 쭉 읽어본 후에 행동해도 괜찮습니다. 이 5가지 단계에 따라 여러분의 마음이 강하게 끌리는 가치관을 최대 5개까지 언어로 표현해 보세요. 그렇게 해서 자신의 가치관 순위를 만듭시다. 이 가치관 순위가 앞으로 여러분 인생의 지침이 됩니다.

개인적으로 다음과 같은 가치관을 충족하기 위해 산다고 자신 있게 말할 수 있습니다.

1. 미의식 : 인간으로서 아름다운 삶을 산다.

2. 몰입 : 하고 싶은 일에 몰입한다.

3. 결과 : 스스로 결과를 추구하고 타인에게도 좋은 결과를 제공한다.

4. 호기심 : 흥미를 따라 행동한다.

5. 심플 : 망설임이 적은 홀가분한 생활을 한다.

만약 "인생의 목적이 뭔가요?"라고 묻는다면, "인간으로서 아름다운 삶을 사는 것!"이라고 주저 없이 대답할 수 있습니다. "일의 목적은 뭔가요?"라고 묻는다면, "몰입해서 사는 사람을 늘리는 것."이라고 주저 없이 대답할 수 있습니다. 이러한 질문에 망설임 없이 자신의 생각을 설명할 수 있도록 하는 것이 이 가치관 찾기의 목적입니다.

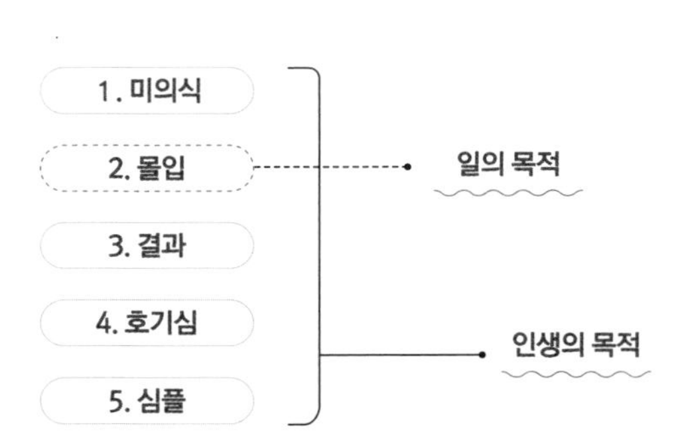

이러한 가치관을 찾기 위해 이제부터 제시될 질문에 답하고 싶어도 대답이 잘 안 떠오르는 경우가 있을 겁니다. 종종 "질문에 대답을 못 하는 건, 제 마음을 제대로 못 들여다보기 때문일까요?"라는 말을 들을

때가 있습니다. 그런데 그렇지 않습니다. 그것은 단지 자신에게 맞는 사고법을 아직 모르기 때문입니다.

이런 경우에 대처할 수 있는 2가지 방법을 소개합니다. 개인적으로도 어떤 생각이 잘 안 날 때, 이 2가지 방법을 자주 사용합니다. 하나는 '저널링journaling', 다른 하나는 '질문대화법'입니다. 2가지 방법을 살펴보고, 자신에게 맞는 방법을 선택해 사용하면 효과적입니다.

· 자신의 속마음이 술술 흘러나오는 저널링

저널링부터 설명하겠습니다. 먼저 종이를 준비해 주세요. 그리고 묻고 싶은 질문을 종이 맨 위쪽에 쓰세요. 그리고 타이머를 3분으로 설정합니다. 그 시간 안에 질문에 대해 떠오르는 대답을 전부 적어보세요.

포인트는 '손을 멈춰서는 안 된다.'라는 규칙이 있다는 점입니다. 아무것도 생각이 안 나면 그냥 '아무것도 생각이 안 나, 어떡하지.'라고 쓰세요.

머리로 생각해서 쓴다기보다는 손을 움직이는 것을 의식하는 게 포인트입니다. 손을 움직이면 거기에 사고가 따라와 의외의 답이 종이 위에 툭 나오기도 합니다. 일반적인 필기가 머리로 쓰는 것이라면, 저널링은 몸으로 쓰는 행위입니다.

· 머리로 쓴다=일반적인 필기

· 몸으로 쓴다=저널링

저널링이 자신의 마음을 들여다보는 데 매우 효과적이라는 사실은 이미 연구로도 입증되었습니다. 어느 실업자에게 닷새 동안 자신의 마음에 대해 저널링을 행하게 한 결과, 통상 27%의 비율로 새 일자리를 구하는 데 비해 저널링을 행한 사람은 68%라는 매우 높은 비율로 새 일자리를 구했다는 연구가 있습니다. 다시 말해 자신의 마음을 깊이 들여다보는 데 저널링이 효과적이었다는 뜻입니다.

자기이해를 위한 질문에 대답할 때 매우 효과적인 방법이므로, 대답하기 힘들다면 저널링을 활용해 보기 바랍니다.

· 대화로 자신을 알아가는 질문대화법

다른 하나는 질문대화법입니다. 그 명칭 그대로 질문으로 대화를 시작해 자기이해를 행하는 방법입니다.

사람은 크게 나누어 두 가지 타입이 있다고 봅니다. 하나는 혼자 곰곰이 생각해 사고가 깊어지는 타입, 다른 하나는 다른 사람과 대화를 나누며 사고가 깊어지는 타입. 이 질문대화법은 후자의 타입에게 추천합니다.

먼저 자신이 대답하고 싶은 질문을 친구나 가족에게 읽어달라고 부탁합니다. 예를 들면 "좋아하는 유명인, 주변 사람, 만화 캐릭터는 누구입니까? 그 사람의 어떤 점이 좋은가요?"라는 식으로. 그리고 평범한 대화 형식으로 그 주제에 대해 이야기해 보세요. 대화가 진행됨에 따라 자연스럽게 생각이 정리되는 것을 느낄 수 있습니다.

질문대화법에는 '자신의 생각을 객관화할 수 있다.'라는 장점이 있습니다. 혼자 생각해서 나온 대답에 대해서는 '이건 당연하잖아. 누구나 그렇게 생각할걸.' 하고 넘겨버리는 경우가 있습니다. 하지만 자신에게는 당연한 것을 찾는 게 자기이해의 목적입니다. '당연해!'가 아니라 '나에겐 당연한 일이 남들에게는 특별하구나!'라는 발견이 중요한 깨달음이 됩니다.

질문대화법을 사용하면 자연스럽게 그 중요한 깨달음을 얻을 수 있습니다. 이 책 말미에 있는 다양한 질문을 이용해 친구와 서로 문답을 주고받으며 자기이해를 진행할 것을 추천합니다. 혼자선 깨닫지 못했던 새로운 발견이 반드시 있기 때문입니다. 부디 친구나 가족과 함께 자기이해에 도전해 보기 바랍니다.

POINT

5가지 단계로 가치관 순위를 만든다.
질문에 대한 답이 막힐 때 2가지 대처법이 있다.

work STEP 1

5가지 질문에 대답해 가치관 키워드를 찾아낸다

여러분의 가치관을 찾기 위해 엄선한 5가지 질문과 그 대답의 예시를 함께 소개합니다. 먼저 5가지 질문에 대답해 보세요. 가치관 키워드를 생각할 때는 책 말미에 있는 [소중한 것(가치관)의 예시 리스트 100] (224p)을 참고하면 좋습니다.

Q.1 존경하는 사람, 존경하는 친구, 좋아하는 캐릭터는 누구입니까? 그 사람의 어떤 점을 존경하나요?

존경하는 사람에 대해 생각할 때는, 그 사람이 '하고 있는 일'은 크게 의미 없습니다. 왜냐하면 그 사람이 하고 싶은 일과 여러분이 하고 싶은 일은 다르기 때문입니다. 그 사람처럼 되고 싶어서 하고 싶은 일까지 따라 하려고 한다면, CHAPTER 3에서 이야기한 되고 싶은 것을 목표로 하는 상태가 되어 실패하게 됩니다. 그게 아니라 가치관이라는 관점에서 존경하는 사람에 대해 생각해 봅시다.

그 사람을 생각했을 때 '이렇게 살고 싶다!'라고 마음이 설레는 느낌을 얻을 수 있다면 누구든지 상관없습니다. 그 사람이 직장 상사든 친구든 누구든지 OK입니다.

그 사람을 떠올렸다면, 다음으로 '그 사람의 무엇이 매력일까?'를 생각해 보세요.

예를 들면, 저는 만화 『BLUE GIANT』(이시즈카 신이치 지음, 쇼가쿠칸)의 주인공 미야모토 다이를 매우 존경합니다. 왜냐하면 그는 '몰입해서 큰 목표를 추구'하기 때문입니다. 세계 최고의 색소폰 연주자가 되겠다는 목표를 가지고, 매일같이 연습을 거듭해 필요한 것을 하나씩 쌓아가는 모습에 크게 감동했습니다. "왜 이렇게까지 미야모토 다이가 멋있게 느껴질까?"를 생각해 봤습니다. 그것은 역시 '진심으로 설레는 꿈을 향해 열정적으로 나아가기 때문.'입니다. 여기서 '몰입'이라는 저의 가치관을 재확인했습니다.

여러분이 존경하는 사람은 여러분의 가치관을 반영하는 사람입니다. 존경하는 사람이 여럿이라면, 각자의 어떤 부분을 존경하는지 생각해 보세요. 그들 모두에게 공통되는 가치관을 찾는다면, 그것은 여러분에게 굉장히 중요한 가치관입니다.

Q.2 어릴 때와 사춘기 시절에 있었던 일 중에, 지금의 자신에게 가장 큰 영향을 미친 사건이나 경험은 무엇입니까? 그리고 그것들은 자신의 가치관에 어떻게 영향을 미쳤습니까?

어쩌면 가치관의 근본은 어릴 때의 경험을 통해 만들어진다고 볼 수 있습니다. 어떤 경험이 지금의 사고방식을 형성하고 있을까요?

제 경우는 초등학교 2학년 때의 담임선생님과의 만남이 큰 영향을 주었습니다. 그때까지 품고 있던 선생님이라는 인물의 이미지와는 정반대인 분이라 몹시 충격적이었습니다.

긴 머리를 꼬불꼬불하게 파마하고 양손에는 액세서리가 주렁주렁, 찢어진 검은 스키니진을 즐겨 입는 분이었습니다. 말투도 상당히 강하고, 화나면 굉장히 무서웠습니다. 하지만 애정도 깊은 분이라 반 아이들 한 명, 한 명에게 세심하게 마음을 써주셨습니다. 그 선생님의 무엇이 제게 영향을 주었는가 하면, 상식에 얽매이지 않고 자신의 '미의식'을 따르는 점이었습니다. 판단기준이 자신 안에 있다는 뜻이지요. 교칙에 얽매였다면 그런 복장은 할 수 없었을 겁니다.

"진짜 멋지다. 이 선생님처럼 살고 싶어!"라고 강하게 느꼈습니다. 이 경험을 통해 미의식에 따라 산다고 하는 가치관을 배웠습니다. 배웠다기보다 원래부터 마음속에 있었던 씨앗이 선생님과의 만남을 통해 싹을 틔웠다고 하는 편이 더 정확할지도 모르겠군요.

지금도 기억하는 어린 시절의 인상적인 경험은 무엇인가요?

자신의 가치관과 직결된 경험은 강렬한 감정을 수반하기 때문에 기억에 남습니다. 지금 순간적으로 떠오른 경험에 대해, 거기서 어떤 가치관을 배웠는지 생각해 보세요.

Q.3 현재 이 사회에는 무엇이 부족하다고 생각합니까?

사회에 대해 불만스럽게 느껴지는 점은 무엇인가요?

여러분이 불만을 느낀다는 것은 어렴풋하게나마 더 좋은 사회상이 있다는 뜻입니다. 이상은 있지만, 현실에서는 전혀 실현되지 않고 있기 때문에 불만을 느끼는 것입니다.

이상과 현실의 괴리를 메우는 것이 바로 여러분이 '하고 싶은 일'입니다. "왜 사람들은 이렇게 마지못해 일할까?"라고 늘 의문을 느낍니다. "진짜로 하고 싶은 일에 눈을 돌려 그것을 직업으로 삼는 건 어렵지 않은데."라고 매일같이 불만을 느끼고 있습니다.

다시 말해, 제가 이 사회에 부족하다고 느끼는 것은 '몰입'입니다. 자신의 인생에 몰입하는 사람이 더 많았으면 좋겠다는 생각을 강하게 합니다. 그래서 지금의 일을 하고 있습니다.

한편, 여러분이 불만을 느끼는 부분과 다른 사람이 불만을 느끼는 부분은 놀라울 정도로 다릅니다. 예를 들어, 어떤 사람은 사회에 대한 불만에 대해 이렇게 대답하기도 합니다.

· 유연성
· 배려
· 시간적 여유
· 건강에 대한 의식
· 자신과 마주하는 시간

이런 것을 통해 알 수 있는 것은 여러분의 가치관이자 일의 목적이기도 합니다. 그럼, 사회에 부족하다고 느끼는 것은 무엇인지 한번 적어보면 어떨까요?

Q.4 "내가 인생에서 뭘 소중하게 생각하는 것 같아?"라고 주변 사람들에게 물어보세요.

그 사람에게서 왜 그렇게 생각하는지, 구체적인 일화도 함께 들을 수 있다면 더욱 좋습니다.

사실 가치관은 일상생활 속에서 이미 발휘되고 있습니다. 따라서 자신은 의식하지 못해도 주변 사람은 알고 있을 수도 있습니다. 자기 얼굴을 볼 때는 거울을 이용하지요. 그와 마찬가지로 자신의 가치관을 볼 때는 주변 사람을 거울로 삼아 보세요. 부디 가까운 사람에게 여러분의 가치관을 물어보기 바랍니다. 깜짝 놀랄 만한 발견이 있을 테니까요. 저도 가까운 사람들에게 물어봤습니다.

·아내의 대답 – 심플

"일하는 방식, 사고방식, 삶의 태도, 모두 심플함을 중시해. 왜 심플함을 중시하는가 하면, 인생의 유한함을 알기에 그 속에서 쓸데없는 일을 하기 싫어서 철저하게 심플하게 살려고 하는 것 같아. 인간관계도 정말로 필요한 사람만 만나고, 물건을 살 때는, 아니, 산 후에도 귀찮거나 복잡한 건 싫어하는 것 같아."

·회사 동료(이노우에 씨)의 대답 – 추구

"하나를 끝까지 추구하는 걸 중시하는 것 같아요. 자기이해는 물론이고, 인생 그 자체를 추구하는 느낌이랄까요. 그래서 몰입할 수 있는 일을 선택하고, 본질과 진리를 추구해 결과를 낼 수 있는 게 아닌가 합니다."

이렇게 주위에 물어보자 공통점이 보이기 시작했습니다. 저는 '심플'하게 살면서 진짜로 하고 싶은 일을 '몰입해 추구'한다는 가치관을 가지고 있는 것 같습니다. 이렇듯 새삼 나 자신이 가진 가치관에 확신할 수 있었습니다.

주변의 친한 사람들에게 물어보세요. 그리고 대답을 얻었으면, 답례로 자신이 느끼는 상대방의 가치관도 써서 보낼 것을 추천합니다. 어쩌면 함께 자기이해를 행하는 좋은 동반자가 되어줄지도 모릅니다.

Q.5 자녀를 키울 때나 다른 사람에게 조언해 줄 때 가장 권하고 싶은 것은 어떤 행동이며, 가장 권하고 싶지 않은 것은 어떤 행동입니까?

일의 목적이 될 가치관을 생각할 때는 이 질문을 추천합니다. 여러분이 자녀나 타인에게 권하고자 하는 행동은, 자신이 주위 사람들에게 주고 싶은 영향이라는 점에서 일의 목적으로 연결됩니다.

권하고 싶은 행동을 생각나는 대로 적어보세요. 그리고 거기서 전하고 싶은 가치관의 키워드를 생각해 보세요. 그것이 여러분의 가치관입니다.

· 가급적 누군가에게 의존하지 않는 수입원을 만들어놓는 게 좋다. → 자립

· 매일 꾸준히 운동해서 오래오래 즐겁게 살 수 있도록 건강한 몸을 유지하는 게 좋다. → 열중

· 싫은 일을 계속하면 자신감이 떨어지니까 관심 있는 일을 시작하는 게 좋다. → 진심

· 물건과 인간관계는 철저히 줄이고, 정말로 소중한 것만 남기는 게 좋다. → 심플

반대로 권하고 싶지 않은 행동도 생각나는 대로 적어봅시다. '이런 말을 하는 나는 상상하기도 싫어.'라고 느끼는 것이라면 최고입니다.

· 요즘은 사회가 불안정해서 일단 안정적인 기술을 배우는 게 좋다. → 안정 / 도전

· 일하려면 참을 줄도 알아야 한다. 참는 자에게 복이 온다고 하니 조금만 더 노력해 본다. → 자제 / 호기심

· 그런 도전은 위험하니까 관두는 게 낫지 않을까? → 유지 / 성장

이렇게 권하고 싶지 않은 행동을 통해서 자신의 가치관과 대척점에 있는 것들이 보이며 더욱 자신의 가치관을 잘 알아볼 수 있게 됩니다.

여러분이 권하고 싶은 행동은 무엇입니까? 반대로 절대로 권하고 싶지 않은 행동은 무엇입니까? 여기서 주위에 전하고자 하는 일의 목적이 보이기 시작합니다.

work STEP 2

가치관 마인드맵을 만들어 사고를 정리한다

질문에 대답하고 나면 자신의 가치관 키워드가 모아집니다. 다음은 가치관 키워드를 비슷한 것끼리 모아 정리해 봅시다.

만약 가치관 키워드가 15개보다 적은 경우에는, 추가로 책 말미에 있는 [소중한 것(가치관)을 찾는 30가지 질문](212p)에 대답해 볼 것을 추천합니다. 키워드가 많을수록, 정리했을 때 자신의 가치관이 더욱 명확해지기 때문입니다.

가치관 키워드를 리스트로 정리하면 비슷한 것이 많이 나옵니다. 하지만 그 상태에서는 어떤 걸 중시해야 할지 알기 힘듭니다. 그런 가치관 키워드를 정리하는 것이 이 단계의 목적입니다.

여기서는 마인드맵을 활용하는 방법을 추천합니다. 손으로 작업하는 경우에는 포스트잇 사용을 추천합니다. 물론 앱을 사용해도 좋습니다.

먼저 가치관 키워드를 모조리 적어보세요. 다음으로 본인이 생각하기에 의미가 비슷한 키워드를 그룹으로 묶어 4~6개로 분류합니다.

분류가 끝나면, 그 그룹의 가치관 키워드가 포괄적으로 무엇을 의미하는지 생각해 보세요. 비슷한 키워드가 모여 있으면, "이게 내 가치관

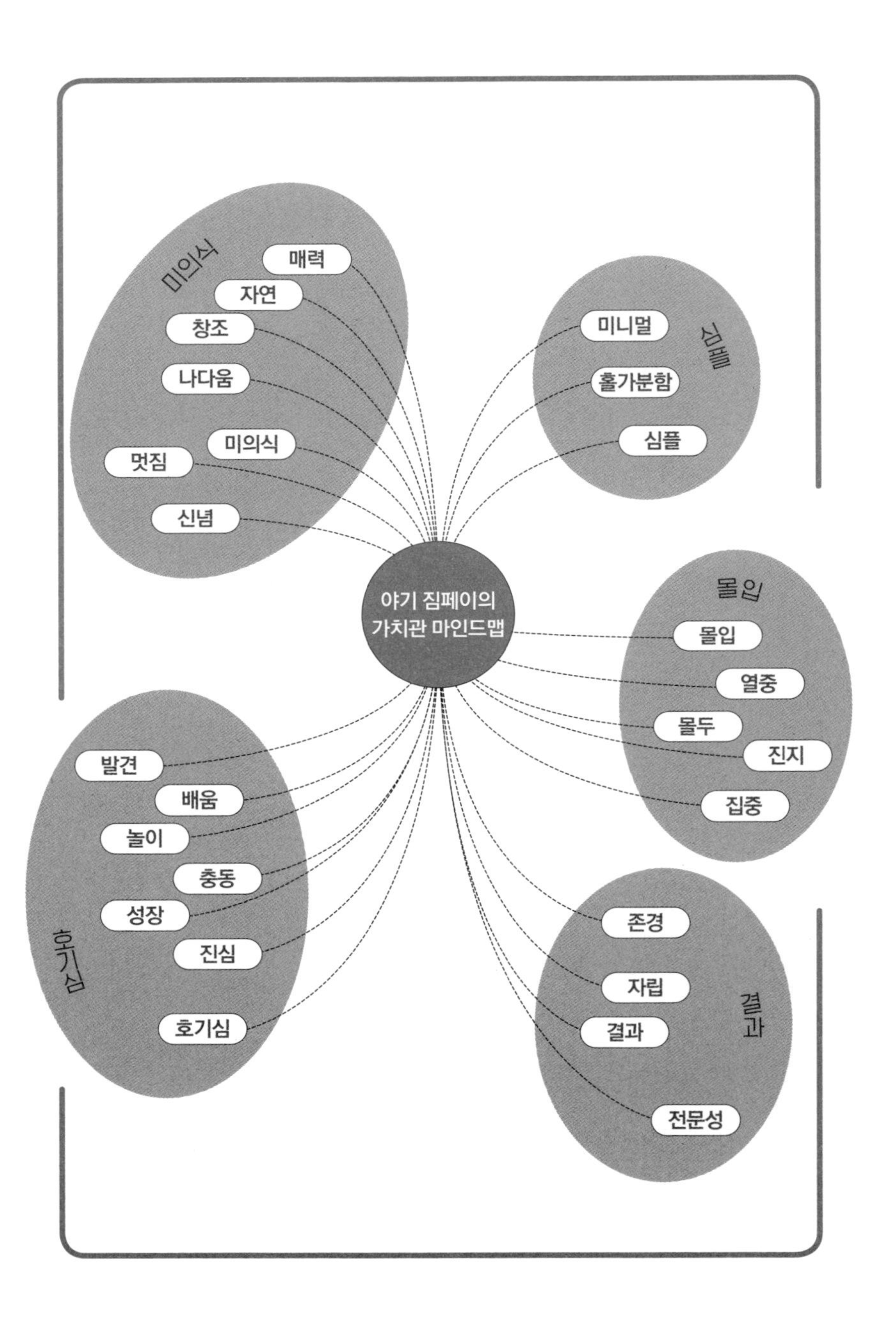
야기 짐페이의
가치관 마인드맵
미의식
매력
자연
창조
나다움
미의식
멋짐
신념
심플
미니멀
홀가분함
심플
몰입
몰입
열중
몰두
진지
집중
호기심
발견
배움
놀이
충동
성장
진심
호기심
결과
존경
자립
결과
전문성

일지도 몰라!" 하고 서서히 가치관이 보이기 시작합니다.

예를 들면 그림에서 보이듯 미니멀, 홀가분함, 심플이라는 3개의 단어를 '심플'로 묶었습니다. 일단 키워드를 최대한 많이 적고 정리하는 이 과정을 통해, 표면적이 아닌 여러분만의 고유한 가치관 순위가 완성됩니다.

POINT

키워드를 비슷한 것끼리 그룹으로 묶는다.

work STEP 3

타인 축인 가치관을 자신 축으로 전환한다

앞서 가치관에 정답은 없다고 말했지만, 한 가지 주의할 점이 있습니다. 그것은 자신이 조절할 수 없는 건 가치관에 넣지 않는다는 것입니다.

예를 들어 '사람들에게 존경받고 싶다.'라는 가치관인 경우, 남들에게 존경받는 것은 자신이 조절할 수 없습니다. 존경받기 위한 행동은 할 수 있지만, 존경할지 말지는 상대방에게 달려 있습니다. 그 외에 '돈을 많이 벌어 부자가 되고 싶다.'라는 가치관도, 돈을 지불하는 쪽은 고객이기 때문에 당연히 자신이 조절할 수 없습니다. "오늘 왜 비가 오냐고! 그쳐! 그쳐!"라고 날씨를 통제하려고 드는 것이나 마찬가지입니다. 그리고 그런 가치관은 추구해도 결국 불행해질 뿐입니다.

미국 로체스터대학교 졸업생들을 대상으로 '목표를 세우는 방식'과 '그 후의 인생 만족도'의 관계를 조사한 연구가 있습니다.

목표를 세우는 방식은 크게 나누어 두 가지 패턴이 있었습니다. 하나는 '타인의 인생을 향상시키는 데 도움을 주고, 자신도 배우며 성장하고 싶다.'라는 '목적지향형 목표'를 가진 학생 그룹. 다른 하나는 '부자가 되고 싶다.' '유명해지고 싶다.' 같은 '이익지향형 목표'를 가진 학생 그룹입니다.

1~2년 후 학생들의 상황을 다시 관찰해 보니, 목적지향형 목표를 갖고 그것을 달성해나가고 있다고 느끼는 학생은 커다란 만족감과 함께 주관적인 행복감을 얻고 있었고, 불안과 우울감은 매우 낮은 수준이었습니다.

반면, 이익지향형 목표를 갖고 있었던 학생은 부자가 되거나 다른 사람에게 존경받는 등 목표를 이룬 상태였지만, 학생 시절보다 만족감과 자존감, 긍정적인 감정이 증가하지는 않았습니다. 오히려 불안과 우울감 같은 부정적인 감정이 강해진 것을 알 수 있었습니다.

이 연구를 통해 '이익지향형 목표는 달성해도 행복해질 수 없으며, 실제로는 불행해진다.'라는 사실을 알 수 있습니다.

- **목적지향형 목표**

  타인의 인생을 향상시키는 데 도움을 주고, 자신도 배우며 성장하고 싶다.

  → 행복감 ⇧
- **이익지향형 목표**

  부자가 되고 싶다, 유명해지고 싶다. → 불안, 우울감 ⇧

이 연구 결과를 접했을 때, 한때 경제적 안정감을 얻었음에도 전혀 행복하지 않았던 이유를 알 수 있었습니다. 여러분도 저처럼 돈을 벌고 싶다, 다른 사람에게 존경받고 싶다는 욕구를 가지고 있을 겁니다. 그것을 부정할 필요는 전혀 없습니다. 다만, 인생의 목적으로 삼지는 말고 하나의 동기부여로 활용하시기 바랍니다.

구체적인 방법으로는 '돈이 있으면 무엇을 하고 싶은가?'를 생각해 보고 돈 너머에 있는, 여러분이 원하는 것을 찾는 겁니다. 예를 들면 초반에 '유명해지고 싶다!'라는 가치관을 가지고 있었습니다. 그러다 돈 너머에 있는, 제가 원하는 것을 생각한 결과 '호기심'이라는 가치관에 도달했습니다.

· 유명해지고 싶은 건 무엇 때문에? → 다른 사람에게 대우받고 싶다.
· 다른 사람에게 대우받고 싶은 건 무엇 때문에?
 → 자신의 존재를 인정받기 위해서.
· 존재를 인정받는다면 무엇을 하고 싶은가?
 → 누구의 눈도 신경 쓰지 않고 호기심을 좇으며 살고 싶다.
· 그것은 유명해지지 않으면 불가능한가? → 가능하다.

유명해지고 말고는 자신이 조절할 수 없으므로 타인 축의 가치관이지만, 호기심을 좇아 사는 것은 스스로 조절할 수 있으므로 자신 축의 가치관입니다. 부자가 되거나 유명해지는 것을 포기하라는 말이 결코 아닙니다. 그 너머에 있는 진짜 목적을 알아볼 수 있어야 합니다.

실은 자신 축의 가치관을 추구하면, 타인 축의 가치관은 저절로 실현되기도 합니다. 제 경우도 호기심을 좇아 공부하고 소통을 이어간 결과, 자연스럽게 지명도가 높아졌습니다. 원래 타인 축 가치관이었던 '유명해지고 싶다!'라는 가치관이 점차 실현되고 있는 것입니다.

아마 '유명해지자!'가 목적이었다면, 확실하게 성공 가능한 일밖에 안 했을 거라고 생각합니다. 그 결과, 호기심을 좇아 좋아하는 것을 끝까지 파고들지 못해 제 생각을 체계화하는 수준까지는 이르지 못했을 겁니다. 요컨대 자신 축으로 살면 자연스럽게 타인 축의 가치관도 충족된다는 뜻입니다.

여러분도 가치관을 찾는 질문에 대답할 때, 자신이 조절할 수 없는 키워드가 나오지는 않았습니까?

그때는 그 가치관에 대해 '그 목적은?' '이를 달성하면 무엇을 하고 싶은가?'를 질문해 보고 그 너머에 있는, 자신이 원하는 것을 생각해 보기 바랍니다.

또 다른 예시를 들어보겠습니다.

예시1 부자 → 있는 그대로

▷ **부자가 되고 싶다.**

▷ **그것은 무엇 때문에?** → 다른 사람에게 존중받고 싶다.

▷ **존중받으면 무엇이 하고 싶은가?**

→ 다른 사람이 나를 함부로 대하지 못한다. 좋은 대우를 받을 수 있다.

▷ **그것은 무엇 때문에?** → 더 나답게, 있는 그대로의 모습으로 살 수 있다.

▷ **그것은 부자가 되지 않으면 불가능한가?** → 가능하다.

예시2 부자 → 배움

▷ **부자가 되고 싶다.**

▷ 그것은 무엇 때문에? → 헬리콥터 조종을 배우고 싶다.

▷ 그것은 무엇 때문에? → 새로운 것을 배우면 즐겁다.

▷ 그것은 부자가 되지 않으면 불가능한가? → 가능하다.

타인 축의 가치관을 목표로 삼으면, 언제까지나 진정한 의미에서 마음이 충족될 수 없습니다. 그 너머에 있는, 여러분이 추구하는 자신 축의 가치관을 이 단계에서 보다 더 명확하게 인지하기 바랍니다.

POINT

자신이 조절할 수 없는 타인 축의 가치관을,
조절할 수 있는 자신 축의 가치관으로 전환한다.

work STEP 4

가치관 키워드로 우선순위를 정한다

다음으로, 가치관들의 순위를 매겨봅시다. "다 중요해서 순위를 못 매기겠어."라고 망설이는 마음은 이해합니다. 하지만 이 순위 매기기를 제대로 해야 남은 인생에서 망설임을 확실하게 줄일 수 있으니 어려워도 한번 해봅시다.

순위를 매기는 요령은 '어떤 게 최종목적인가?'라는 질문에 대해 생각해 보는 것입니다. 예를 들면, 제 경우 5가지 가치관에 대해 다음과 같이 순위를 매겼습니다.

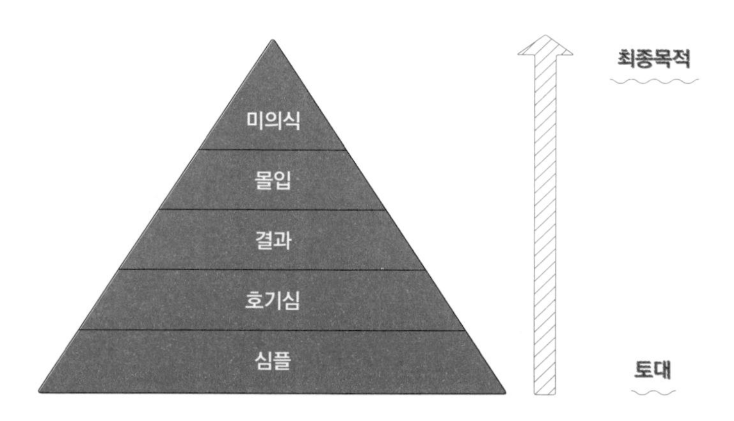

왜 이런 순서가 되었는가 하면, 맨 밑이 가장 먼저 충족해야 할 '토대'가 되는 가치관이고, 위로 올라갈수록 '최종적인 목적'이란 걸 알기 쉽게 만들기 위해서입니다. '심플'한 상태를 아주 좋아하지만, 그 자체가 인생의 목적은 아닙니다. 최종목적은 역시 '미의식에 따라 인간으로서 아름다운 삶을 사는 것'입니다.

한편, 모든 가치관은 연결되어 있습니다.

1. 미의식 : 인간으로서 아름다운 삶을 산다.

↑ 몰입한 상태야말로 인간으로서 가장 아름다운 모습.

2. 몰입 : 하고 싶은 일에 몰입한다.

↑ 결과를 내기로 결심하면 몰입할 수 있다.

3. 결과 : 스스로 결과를 추구하고, 타인에게도 좋은 결과를 제공한다.

↑ 좋아하는 일에는 진지하게 결과를 내려고 생각한다.

4. 호기심 : 흥미를 좇아 행동한다.

↑ 불필요한 망설임이 사라지면 호기심을 좇기 쉽다.

5. 심플 : 망설임이 적은 홀가분한 생활을 한다.

예를 들면, 호기심을 좇아 두근거림을 원동력으로 움직이는 삶의 태도는 몰입으로 이어집니다. 호기심이 안 생기는 일에는 좀처럼 몰입할 수 없습니다. 더 나아가 자신이 하고 싶은 일에 열중하는 몰입 상태의 인간을 '아름답다.'라고 느낍니다. 따라서 제 인생의 최종목적은 '미의식'이라고 하는, '인간으로서 아름다운 삶을 사는 것'입니다.

이 사고방식을 이용해 가치관의 순위를 매겨보세요. 이 순위를 만들면, 지금 자신의 어떤 가치관이 덜 충족되었는지 한눈에 알 수 있습니다. 그러면 앞으로의 인생에서 '어느 길로 갈까.'라고 결단을 망설이는 일이 훨씬 줄어듭니다. 막막함에서 해방된 삶을 손에 넣기 위해서는 필수적인 단계입니다.

POINT

자신의 주요 가치관에 순위를 매긴다.

work STEP 5

일의 목적을 정하면, 일이 저절로 잘 풀린다

인생의 목적이 될 가치관 순위를 작성했으면, 이번엔 '일의 목적'도 생각해 봅시다.

가치관은 일단 자신이 먼저 충족시킬 필요가 있습니다. 자신이 먼저 가치관에 충실하게 살면서 자기 자신을 충족시키는 것이 중요합니다. 예를 들어 '안심'이라는 가치관을 가지고 있다면, 날마다 본인이 안심할 수 있도록 행동합니다. 그리고 자신의 마음이 충족되면, 자연스럽게 그 가치관을 주위 사람에게도 전파하고 싶어집니다. 컵을 가득 채운 물이 흘러넘쳐 주위를 적셔나가는 것처럼 말입니다.

어떤 가치관을 주위에 전하고 싶은지, 자신이 가진 가치관 리스트에서 골라 봅시다. 본인이 진심으로 소중하게 여기는 가치관이 아니면,

그것을 실현하는 데 진심이 될 수 없습니다.

제 경우는 5가지 가치관 중, 일의 목적으로 '몰입'을 설정했습니다.

이제부터 찾아나갈 하고 싶은 일은 일의 목적을 위한 수단입니다. 하고 싶은 일은 자기이해를 전하는 것이며, 몰입을 선사하는 것이 일의 목적입니다. 자기이해가 제일 좋아서 이를 전하고 있지만, 사람들을 몰입하게 만들 수 있다면 다른 수단이라도 괜찮습니다. 사람들은 가치를 얻기 원합니다. 자기이해에 대한 '지식'이 아니라, 그 너머에 있는 '몰입'을 원한다고 봅니다.

하나의 예로, 운동과 식사를 통한 다이어트 프로그램을 제공해 회원 수가 10만 명이 넘는 RIZAP이라는 회사가 있습니다. RIZAP그룹의 임원인 무카에 씨는 "RIZAP은 그냥 살만 빼는 다이어트 센터가 아닙니다. 우리의 가치는 회원님들의 인생을 RIZAP에 의해 바꾸어나가는 것입니다. 인생이 빛난다. 자신감이 생긴다. 행복을 느낀다. 그런 가치를 제공하는 것이 우리의 일이라고 생각합니다."라고 말합니다.

'다이어트'라는 사업내용 너머에 '자신감이 생기고 인생이 빛난다.'라는 일의 목적을 설정하고 있다고 합니다. 그야말로 일의 목적에서 생각한 업무 방식임을 알 수 있는 말입니다.

그럼 어떻게 하면 일의 목적을 정할 수 있을까요?

그러기 위해서는 여러분이 지금까지 다른 사람에게 가치를 제공하고자 했던 경험을 돌아보는 게 효과적입니다. 의식하지 않아도 사람은 자기 주변에 영향을 주려고 행동하는 존재입니다. 주고자 하는 영향은 저마다 다르지만, 여러분에게도 반드시 그런 경험이 있을 것입니다. 그

	가치를 제공하려고 한 경험
1	중고등학교 시절, 배드민턴부 멤버들이 힘을 낼 수 있도록 열심히 응원했다.
2	블로그에서 '좋아하는 일을 해라!'라고 일관되게 주장해왔다.
3	후배의 취업 관련 상담에서 구체적인 조언으로 망설임을 없애주었다.
4	초등학교 때 자유학습장에 게임을 만들어 친구들을 놀게 해주었다.
5	배드민턴부에서 새로운 게임을 고안해 연습을 재미있게 만들었다.
6	학교 졸업 후, 수험공부에서 좋은 결과를 내는 방법을 후배에게 알려주었다.
7	사업에서 성과가 나오면, 이를 바탕으로 '여러분도 할 수 있다!'라고 전하고 있다.
8	아직 발견 못 한 강점을 지닌 사람에게, '이 방향으로 가는 게 좋다!' 등 조언해 줬다.
9	책에서 읽고 알게 된 새로운 내용을 배드민턴부 연습에 추가했다.
10	시간을 절약할 수 있는 빨래건조기를 주변 사람에게 적극 추천했다.

경험을 돌아보면, '무의식중에 주위에 미치려 했던 영향'이 보이기 시작합니다. 그것이 여러분의 일의 목적이 됩니다.

구체적으로는 10가지 정도의 경험을 떠올려보세요. 하나의 경험만으로는 잘못된 결론에 도달할 가능성이 있으므로, 10가지를 떠올리는 게 중요합니다. 떠올리는 경험은 '가치를 제공했다.'가 아니라 '가치를 제공하려고 했다.'라는 정도여도 괜찮습니다. 가치를 제공하고 싶은 마음만 있다면, 그러기 위한 '기술과 지식'은 이제부터 배우면 되니까요.

	가치를 제공하려고 한 경험	제공하려고 한 가치
1	중고등학교 시절, 배드민턴부 멤버들이 힘을 낼 수 있도록 열심히 응원했다.	진심, 열중
2	블로그에서 '좋아하는 일을 해라!'라고 일관되게 주장해왔다.	몰입
3	후배의 취업 관련 상담에서 구체적인 조언으로 망설임을 없애주었다.	심플, 몰입
4	초등학교 때 자유학습장에 게임을 만들어 친구들을 놀게 해주었다.	호기심, 몰입
5	배드민턴부에서 새로운 게임을 고안해 연습을 재미있게 만들었다.	호기심, 몰입
6	학교 졸업 후, 수험공부에서 좋은 결과를 내는 방법을 후배에게 알려주었다.	결과, 몰입
7	사업에서 성과가 나오면, 이를 바탕으로 '여러분도 할 수 있다!' 라고 전하고 있다.	자신감, 몰입
8	아직 발견 못 한 강점을 지닌 사람에게, '이 방향으로 가는 게 좋다!' 등 조언해 줬다.	심플, 몰입
9	책에서 읽고 알게 된 새로운 내용을 배드민턴부 연습에 추가했다.	호기심
10	시간을 절약할 수 있는 빨래건조기를 주변 사람에게 적극 추천했다.	심플, 호기심, 몰입

제 경우를 예로 들어 정리해 봤습니다.

이렇게 지난 경험을 떠올렸다면, 거기서 '여러분은 어떤 가치를 제공하려고 했는가?'를 생각해 보기 바랍니다.

아마 다양한 키워드가 나올 겁니다. 그중에서 가장 많이 나온 것을 여러분의 일의 목적으로 정하면 됩니다. 지금까지 살면서 자연스럽게 해온 일이므로 일의 목적으로 삼아도 위화감 없이 받아들이고 일할 수 있게 됩니다.

그리고 일의 목적이 정해지면, 많은 하고 싶은 일 가운데 자신이 '진짜로 하고 싶은 일'을 찾을 수 있습니다.

예를 들면, 보드게임과 패션 등 흥미 있는 분야가 몇 개 더 있지만, 일의 목적인 '몰입하는 사람을 늘리기' 위해서는 자기이해가 가장 적합하다고 느꼈기 때문에 자기이해를 전하기로 했습니다. 사람들로부터 "자기이해 프로그램을 만난 덕분에 인생이 크게 움직이고 있습니다. 정말 감사합니다!"라는 메일을 받을 때마다, "역시 자기이해를 선택하길 잘했어."라고 느낍니다.

만약 여러분에게 앞으로 하고 싶은 일이 많이 생겨도, 일의 목적인 '제공 가치'가 정해졌다면 그중에서 진짜로 하고 싶은 일을 찾을 수 있습니다.

참고로 '사람들을 미소 짓게 만들고 싶다.'와 '사람들을 행복하게 해주고 싶다.'는 일의 목적이 될 수 없습니다. 왜냐하면 사람들을 미소 짓게 만들지 않는 일은 존재하지 않기 때문입니다.

그것을 일의 목적으로 정해버리면, 하고 싶은 일을 가려내지 못해 계속 망설이게 됩니다. 그 경우는 '어떤 때 사람은 미소 짓는가?' 또는 '어떤 때 사람은 행복을 느끼는가?'를 생각해 보세요. '안심했을 때 미소 짓는다.' '설레는 순간에 미소 짓는다.' 등, 거기에 여러분의 가치관이 드러납니다.

이것만으로는 명확해지지 않는 경우, 책 말미에 있는 [소중한 것(가치관)을 찾는 30가지 질문](212p) 중 ★표시가 있는 질문에 대답해 보기 바랍니다.

이제 여러분의 일의 목적은 정해졌습니까? 일의 목적이 정해졌으면, 다음은 그 목적을 실현하기 위해 '하고 싶은 일'을 찾으러 갑시다.

POINT

가치관 순위 속에서 일의 목적을 정한다.

How to find what you want to do.

CHAPTER 05

잘하는 것만 찾으면 뭐든지 직업이 될 수 있다

잘하는 것의 진정한 의미는?

앞에서 '하고 싶은 일'은 '좋아하는 것'과 '잘하는 것'의 조합으로 만들어진다고 설명했습니다. 하고 싶은 일을 찾기 위해, 먼저 잘하는 것을 찾도록 합시다. 앞에서도 말했다시피 좋아하는 것을 찾지 못하는 가장 큰 원인은 '찾아도 직업으로 삼을 자신이 없다.'라는 브레이크이기 때문입니다. 그 벽은 자신이 잘하는 것이 무엇인지를 이해함으로써 돌파할 수 있습니다.

먼저 잘하는 것이란 무엇인지를 정의해 보겠습니다.

잘하는 것
=성과를 내기 위해 사용할 수 있는 무의식적 사고, 감정, 행동 패턴

이것이 잘하는 것의 정의입니다. 하지만 이렇게 말하면 이해하기 좀 어려울 수 있습니다.

다시 쉽게 말하자면 '버릇' 같은 게 '잘하는 것'입니다. 스포츠나 음악의 재능처럼 화려한 재능이 아니라, 여러분이 무의식적으로 자연스럽게 행하는 것들입니다.

· 언제나 다른 사람을 관찰하고 있다.

· 언제나 생각나면 즉시 행동한다.

· 언제나 다른 사람의 감정을 생각한다.

· 언제나 어떻게 이길지 생각한다.

· 언제나 어떻게 남을 웃길지 생각한다.

머리와 마음의 이런 버릇이 바로 잘하는 것입니다. 잘하는 것은 본인에게는 '무의식'이라는 점이 포인트입니다. 무의식적으로 하기 때문에 깨닫기도 어렵습니다. 여기서 잠깐 체크해 볼까요.

· 머릿속으로 종이를 떠올리고, 손으로 자신의 이름을 적어보세요

이름을 어느 손으로 적었나요?

99%의 사람은 아무 생각 없이, 자신이 주로 쓰는 손으로 적었을 겁니다. 당연히 '내가 원래 쓰는 편한 손으로 적어야지.'라는 의식조차 없이 말이죠. 이게 바로 무의식적인 행동입니다.

잘하는 것을 안 하는 것은, 편한 손을 안 쓰고 생활하는 것이나 마찬가지입니다. 반대 손으로 아무리 노력해도, 편한 손을 쓰는 사람을 당할 수 없습니다.

하지만 편한 손을 사용하는 것은 무의식적인 행동이므로, "지금 편한 손을 썼다!"라고 깨닫는 사람은 거의 없습니다. 그러니까 시간을 내어 자신의 행동을 돌아보면서 자신이 무의식적으로 하는 잘하는 것을 발견할 필요가 있습니다.

POINT

잘하는 것(재능) = 무의식적인 버릇
자신의 행동을 관찰, 발견하는 과정이 필요하다.

자신을 바꾸는 노력에서 **자신을 활용하는 노력으로**

만약 지금 "나는 단점밖에 없어."라고 생각한다면, 그것은 기회입니다.

'잘하는 것(재능)'이란 그 자체로는 단순히 '버릇'일 뿐입니다. 버릇이니까 좋지도 나쁘지도 않습니다. 그 버릇을 어떻게 인식하느냐에 따라 장점도, 단점도 될 수 있습니다. 예를 들어 '매사에 신중하게 임하는' 것은 하나의 재능입니다. 실수 없는 작업이 요구되는 일을 한다면, 그것은 장점이 됩니다. 그러나 빠른 속도가 요구되는 일을 한다면 그것은 단점이 됩니다. 그러니 자신이 잘하는 것(재능)이 어떻게 하면 장점으로 발휘되는지를 이해해야 합니다.

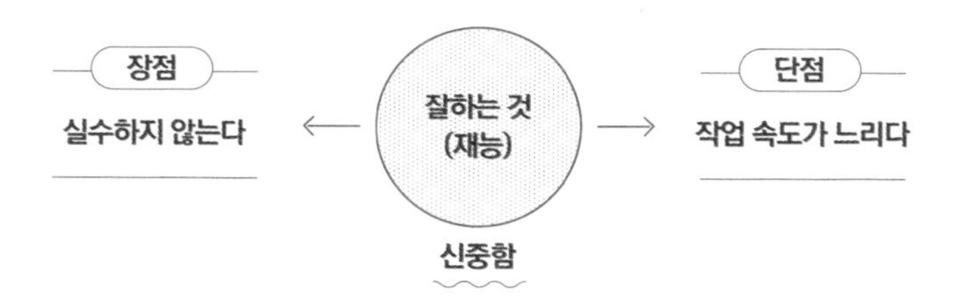

과거의 저 또한 단점에만 주목하고 있었습니다. 가장 큰 단점은 '다른 사람과 오랜 시간 함께 있으면 기가 빨려 피곤해진다.'라는 것이죠.

"친구도 많고 주목받는 사람이 되어야 해."라고 생각하며 살아왔습니다. 그래서 이러한 단점을 극복하기 위해 히치하이킹을 100번씩 하기도 했습니다. 하지만 처음 만나는 사람에 대한 심리적인 장벽은 여전히 굳건했고, 바랐던 것처럼 친구가 많은 사람도 될 수 없었습니다. 단점을 없애기 위한 노력은 매우 고생스러웠고, 그 끝에는 "난 노력해도 안 돼."라는 자기부정밖에 없었습니다.

이제 단점을 없애려 들지 말고 관점을 바꿔봅시다. 일견 단점으로만 보이는 '다른 사람과 오랜 시간 함께 있으면 기가 빨려 피곤해진다.'라는 것을 다른 관점에서 본다면 어떤 장점이 될까요?

그래서 '혼자 무언가에 몰두할 수 있다.'라는 장점으로 바꾸어보았습니다. 부지런히 블로그에 글을 올리고 책을 출판할 수 있었던 것도 다 혼자 무언가에 몰두할 수 있다는 장점이 있었기 때문입니다. '혼자 있는 게 좋아.'라는 재능을 끝까지 부정하고, 힘들어도 사람들 속에서 웃고 있는 자신을 선택했다면, 개성 없는 따분한 사람이 되었을 겁니다. 지금 이렇게 글을 써서 먹고살 수 있는 것은 자신의 재능을 장점으로 파악할 수 있었기 때문입니다.

노력은 반드시 보상받는다는 말은 거짓말입니다. 못하는 것을 극복하는 노력은 의미가 없습니다. 오히려 못하는 것에만 주목하게 되므로 자기부정이 가속화될 뿐입니다.

'젊은 여인과 노파'라는 착시그림을 아십니까?

그림 속의 인물이 먼 곳을 바라보는 젊은 여인처럼 보이기도 하고, 혹은 노파의 옆모습처럼 보이기도 하는 그림입니다.

이것은 '잘하는 것(재능)'의 이미지에 딱 맞는 그림입니다. 잘하는 것이 무엇이든, 보는 시각에 따라 장점도, 단점도 될 수 있습니다. 따라서 저마다 가진 재능에 우열은 없습니다. 중요한 것은 자신이 가진 잘하는 것을 이해하고 올바르게 활용하는 일입니다.

사고방식을 근본적으로 바꿉시다. '자신을 바꾸는 노력'은 앞으로 일절 필요 없습니다. '자신을 활용하는 노력'을 시작합시다. 여러분에게는 재능이 없는 게 아닙니다. 그저 자신이 가진 재능을 사용할 줄 모를 뿐입니다. 여기서 여러분의 단점을 순식간에 장점으로 바꾸는 쉬운 방법을 알려드리겠습니다.

그것은 '~하니까'라는 변명을 '~하니까 오히려'로 바꿔 말하는 방법입니다. 예를 들어, '낯을 가리니까 새로운 친구를 사귀기 힘들다.'라고 생각했다고 합시다. 이 '하니까'를 '하니까 오히려'로 바꿔 말해 봅시다. 그러면 '낯을 가리니까 오히려 소중한 사람과 더 깊이 사귈 수 있다.' '낯을 가리니까 오히려 혼자 곰곰이 생각할 시간을 가질 수 있다.'라고, 순식간에 장점으로 바꿔 말할 수 있습니다.

책 말미에 [잘하는 것(재능)의 예시 리스트 100](228p)를 정리해 실었습니다. 이를 토대로 자신의 버릇을 장점으로 사용하기 위해 꼭 활용하기 바랍니다. 이제 자신을 바꾸는 노력은 끝내고, 자신을 활용하는 노력을 시작합시다.

POINT

자신을 바꾸는 노력. NO!
자신을 활용하는 노력. YES!

책을 읽을수록 자신감을 잃는 이유

"어떻게 하면 성공할 수 있을까?" 하고 자기계발서 등 책을 닥치는 대로 읽는 사람이 있는데, 그것은 역효과입니다.

오히려 책을 읽으면 읽을수록 자신감을 잃게 됩니다. 그 이유 중 하나는 그 책 속 '저자의 장점 사용법'을 배워버리기 때문입니다. 많은 책에는 '나는 이렇게 해서 성공했다!'라는 성공사례가 마치 그것이 유일한 정답인 양 나와 있습니다.

하지만 그것은 그 저자의 장점 사용법일 뿐, 여러분에게도 들어맞는다고 할 수는 없습니다. 조언을 진지하게 받아들이고 실천해도, 그것이 여러분의 적성에 안 맞는다면 의미가 없습니다.

하면 할수록 "저자가 말한 대로 해도 결과가 안 나오는 걸 보면 난 역시 안 돼."라고 자신감만 더 없어질 뿐입니다.

대학시절, "무조건 인맥을 넓혀라!"라고 쓴 책을 읽고, 히치하이킹을 100번 한다는 목표를 세웠었습니다. 하지만 그것은 고역일 따름이었습니다. 성격상 처음 보는 사람과 이야기하는 걸 정말 못하기 때문입니다.

하면 할수록 "처음 보는 사람과 친해지는 건 불가능해."라고 자신감만 더 없어졌습니다. 결과적으로 100번의 히치하이킹을 하고 나서 얻은 것은 '매일 처음 보는 사람과 이야기하는 건 나에겐 안 맞는다.'라는 교훈이었습니다.

자신에게 무엇이 안 맞는지를 알게 된 게 수확이라면 수확이지만, 차라리 그 시간에 자신의 장점을 활용해 앞으로 나아갔다면 훨씬 좋았을 겁니다.

이를테면 자신이 물고기인 줄 모르고 하늘을 나는 연습을 해버린 상태였습니다. 그리고 "아무리 연습해도 하늘을 날 수 없어. 역시 난 안 돼."라고 자신감만 잃고 있었습니다.

하지만 실은 하늘을 나는 새를 동경하기 전에 '나는 어떤 재능을 가지고 있을까?'를 생각했어야 했던 것이죠. 여러분은 바다를 헤엄치는 물고기일까요? 아니면 하늘을 나는 새일까요?

소수의 사람을 소중히 여기며 결과를 내는 사람이 있는가 하면, 넓은 인맥을 이용해 결과를 내는 사람도 있습니다. '정말로 소중한 동료를 가져라.'도, '인맥을 만들어라!'도 모두 정답입니다.

다른 사람의 장점 사용법을 따라 할 게 아니라 자신만의 승리 패턴을 손에 넣는 것이 중요합니다. 그리고 나 자신의 활용설명서를 만들어야 합니다.

그것을 알게 되면, 하기 싫은 일을 하면서 "오늘은 어쩐지 의욕이 안 생겨."라고 생각하는 날이 사라지고, 인생게임의 공략 난이도가 단숨에 훅 내려갑니다.

자신의 활용설명서는 책을 아무리 읽어도 찾을 수 없습니다. 자신이 지금까지 해온 경험 속에만 잠들어 있기 때문입니다.

POINT

책을 읽으면 성공하는 방법을 알 수 있다. NO!
자신의 성공법칙은 자신 안에만 있다. YES!

대체 불가능한 존재가 되는 **장점 다듬기**

여러분의 장점은 사용하면 사용할수록 점점 발전합니다. 못하는 걸 극복할 때보다 훨씬 더 발전합니다.

16살 학생들을 대상으로 3년간 훈련을 통해 읽는 속도가 얼마나 빨라졌는지를 조사한 연구가 있습니다. 1분에 평균 90자를 읽을 수 있는 A그룹과, 1분에 평균 350자를 읽을 수 있는 B그룹으로 나누어 두 그룹에 같은 속독 훈련을 시켰습니다. 3년 후, A그룹은 1분에 평균 150자를 읽을 수 있게 되었습니다. 약 2배가 됐으니까 훌륭한 성과입니다. 그러나 B그룹은 1분에 무려 평균 2,900자, 8배 이상을 읽을 수 있게 되었습니다.

이 연구에서도 알 수 있듯이, 원래 잘 못하는 건 아무리 노력해도 큰 강점은 되지 않습니다. 자신이 원래 잘하는 것을 효율적으로 키워나가는 게 중요합니다. 혹시 여러분도 못하는 것을 극복하는 데 시간을 쓰면서 자신감을 잃고 있지는 않습니까?

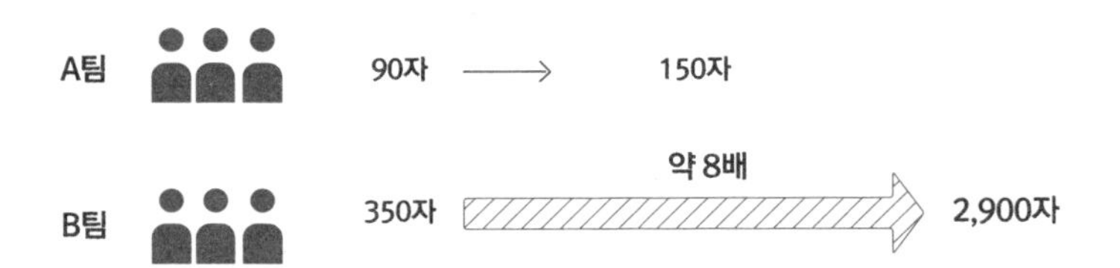

미국의 경영학자 피터 드러커Peter Ferdinand Drucker는 "강점만이 성과를 낳는다. 약점은 기껏해야 고통을 낳을 뿐이다. 그러나 약점을 없애도 아무것도 태어나지 않는다. 강점을 살리는 데 에너지를 써야 한다."라고 말했습니다.

여러분이 타고난, 뾰족한 별 모양의 오목한 부분을 메우는 데 시간을 쓰지 마세요. 그러면 개성 없는 동그라미가 되어버릴 뿐입니다. 원래 뾰족한 부분을 더 뾰족하게 다듬는 데 시간을 씁시다. 그 뾰족함이 당신다움이며, 그것이 일에서 성과를 낳습니다.

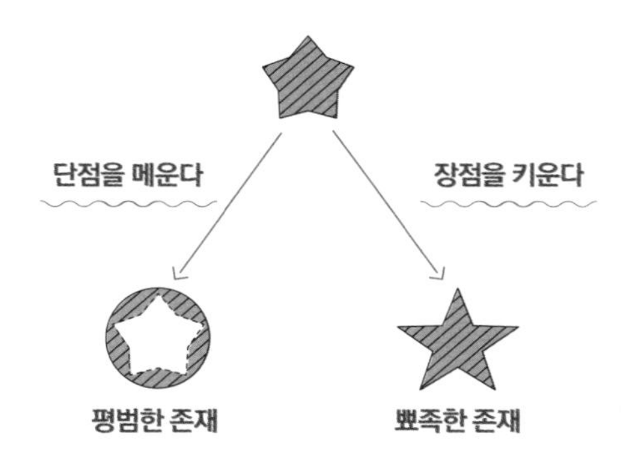

학교 시험은 한 과목당 100점 만점에, 전 과목 총점으로 평가됩니다. 하지만 일은 다릅니다. 점수의 상한선이 없습니다. 그러므로 한 과목에서 1,000점, 10,000점을 목표로 하면 됩니다. 오히려 두드러진 장점이 있으면 헤일로 효과halo effect가 작용합니다.

헤일로 효과란 '한 가지 점에서 뛰어난 사람을 보면 다른 점도 훌륭할 거라고' 상상하는 효과입니다. 외모가 뛰어난 사람을 보면 일도 잘할 것처럼 느껴질 때가 있지 않나요? 그게 바로 헤일로 효과입니다. 그러므로 단점이 있어도, 두드러진 강점을 하나 가지고 있으면, 주위에서는 뛰어난 사람으로 봐줍니다. 못하는 게 있어도 그것은 감점이 되지 않습니다.

또 단점을 사용하는 것보다 장점을 사용하는 편이 일도 훨씬 충실해집니다. 아직도 자신의 단점을 메워 개성 없는 사람이 되는 길을 선택하시겠습니까? 아니면 오늘부터 자신의 장점을 더욱 잘 다듬어 대체 불가능한 존재가 되는 길을 선택하시겠습니까?

POINT

단점을 극복하면 '평범한 성과와 따분한 일'을 만든다.
장점을 키우면 '압도적인 성과와 충실한 일'을 만든다.

work 5가지 질문을 통해 **잘하는 것**을 찾아낸다

그럼, 여기서부터는 자신만의 고유한 잘하는 것과 그 잘하는 것을 제대로 사용할 수 있는 장점을 찾아봅시다. 목표는 장점 10개를 찾는 것입니다. 그 어디에도 없는 자신만의 장점을 여기서 찾기 바랍니다. 그럼, 장점을 찾기 위한 질문을 살펴볼까요.

Q.1 지금까지 살면서 가장 충실했던 체험은?

보통 '잘하는 것'을 찾으려고 할 때, 흔히 "성공체험을 떠올려봅시다!"라고 말합니다. 물론 잘하는 것을 찾을 때 성공체험을 떠올리는 것은 매우 효과적입니다. 하지만 이 질문에 "난 성공체험 같은 건 별로 없는데."라고 생각하는 사람이 더 많지 않을까요? 실제로 사람들에게 "성공체험을 말씀해 주세요."라고 하면, 즉석에서 대답하는 분은 거의 없습니다. 그래서 언제나 "충실했던 체험이 있습니까?"라고 묻고 있습니다.

충실했던 체험이란 본인이 즐거웠던 시기와 경험을 말합니다. 왜 즐거웠던 경험을 떠올리면 자신이 잘하는 것을 알 수 있을까요?

흔히 잘하는 것을 할 때는 매우 편합니다. 그리고 즐겁고 별로 힘들지도 않습니다. 오히려 하면 할수록 정신적으로 더 힘이 납니다. 예를 들어 사람이 많은 술자리에 가면 힘이 나는 사람이 있는가 하면, 방에서 혼자 책을 읽으면 힘이 나는 사람도 있습니다. 반대로 자신이 잘 못하는 걸 할 때는 의식적으로 노력해야 되기 때문에 몹시 피곤합니다. 또한 사람이 많은 술자리에 가면 지치는 사람이 있는가 하면, 방에서 혼자 책을 읽으면 우울해지는 사람도 있습니다.

잘하는 것과 못하는 것을 구분하는 방법은 단순합니다. 그 행위를 했을 때 충만감을 얻을 수 있으면 잘하는 것, 피로감이 쌓이면 못하는 것입니다. 먼저 '자신이 어떤 때 즐겁다고 느끼는지'를 통해 잘하는 것을 명확하게 파악합시다. 그것을 일에서 어떻게 장점으로 활용할지 생각하는 건 다음 단계입니다. 이제 자신이 충실했던 체험을 발견해 보세요.

CHAPTER 5

Q.2 최근 들어 짜증이 나거나 마음이 답답했던 것은 언제입니까?

최근에 짜증 났던 일은 무엇인가요? 실은 짜증 난 일을 떠올림으로써 자신이 '잘하는 것'을 찾을 수도 있습니다. 타인의 행동에 짜증이 치밀거나 답답해지는 이유는 자신은 아무렇지도 않게 할 수 있는 일을 상대는 못하기 때문입니다. "이런 걸 왜 못하지?"라고 느낄 때 사람은 짜증이 납니다. 그러니까 짜증이 나면, 그건 자신이 늘 당연하게 하는 잘하는 것을 깨달을 수 있는 기회입니다.

다른 사람에게 짜증이 날 만큼 당연하게 하는 일을 직업으로 삼으면 일하기도 편하고 성과도 낼 수 있습니다. 예를 들면, 말을 재미있게 잘

해서 술자리에서 언제나 이야기의 중심에 있는 친구가 있습니다. 어느 날 그 친구가 "분위기 깨지게 재미없는 얘기만 늘어놓는 녀석을 보면 짜증 나."라고 말했습니다. 나에게는 전혀 없는 감각이라 굉장히 놀랐기 때문에 생생하게 기억하고 있습니다. 그 친구에게는 재미있는 이야기로 분위기를 띄우는 게 당연한 일이기 때문에 나온 말이겠지요.

그 친구는 언제나 재미있는 대화로 다른 사람을 즐겁게 해준다고 하는 잘하는 것을 가지고 있었습니다. 당연하게 할 수 있다면, 일에서도 반드시 적용하는 게 좋습니다. 오히려 적용하지 못한다면 답답해 견디기 힘들 것입니다. 그 외에도 "남의 기분을 모르는 사람은 용서가 안 돼."라고 말하는 사람도 있었습니다. 아마 그 사람에게는 타인의 기분을 알아채는 게 당연한 일이겠지요.

여러분이 마음이 짜증 나고 답답해지는 건 어떤 순간인가요? 거기서 자신만의 당연한 어떤 버릇을 찾을 수 있습니까? 이렇게 자연스럽게 해버리는 그것을 직업으로 삼을 수 있다면, 마치 일은 튜브를 타고 유수풀을 흘러가듯이 편하고 즐거운 것이 됩니다.

Q.3 친한 사람에게 "내 장점이 뭐라고 생각해?"라고 물어보세요.

혼자 질문하고 대답한다면 '잘하는 것'은 좀처럼 찾기 어려울 수도 있습니다.

왜냐하면 앞에서도 말했다시피 잘하는 것은 자신에게는 당연한 일인 경우가 많아, 혼자서는 깨닫기 어렵기 때문입니다. 따라서 주변 사람들 눈에는 분명하게 보여도 본인은 모르는 경우가 많이 있습니다.

어느 300쌍의 커플을 조사한 연구에서, 자신의 성격을 스스로 판단했을 때보다 파트너가 채점했을 때 더 정확하게 성격을 판단할 수 있었다는 결과도 있습니다.

예를 들어, 제 경우는 친구에게 물어보고 이런 깨달음이 있었습니다.

친구 : 열정이 대단해. 자기이해에 대해서도 네가 정말로 좋아서 공부하는 걸 아니까, 주위에서도 관심을 갖게 되는 것 같아.

야기 : 주위에서 보기엔 그렇게 열정이 있어 보이는구나! 나에게는 당연한 일이라 몰랐어.

친구 : 그건 대단한 열정이야.

큰 어려움 없이 만든 자기이해 프로그램이 대중의 호응을 얻는 듯한 느낌이 있었는데, 그것은 아마 제가 발산하는 열정으로 인해 사람들이 모여들었다고도 할 수 있겠죠. 무의식적으로 하고 있었지만, 한 가지에 몰두해 주위를 끌어들이는 것은 하나의 장점입니다. '열정으로 주위를 끌어들인다.'라고 하는 자신의 장점을 깨닫고, 자기이해 프로그램을 수강하는 분들에게 사업의 상세한 수치를 공개하고, 어떤 전략으로 일하고 있는지 설명하게 되었습니다. 자기이해를 알리는 일에 쏟는 열정을 프로그램 수강생들에게도 전하기 위해서입니다.

그 덕분에 제가 가진 열정이 사람들을 좀 더 끌어들이게 되었고, 너도 나도 "그 정도로 열중할 수 있는 하고 싶은 일을 찾고 말겠어."라고,

진지하게 자기이해에 대한 동기부여가 생겨나게 되었던 것 같습니다.

보통 사업상의 수치를 고객에게 공개하는 사람은 거의 없을 거라 생각하지만, 이것이 저의 장점 사용법입니다. 사람들에게도 이런 식으로 친한 사람에게 장점을 물어보는 작업을 반드시 행하게 합니다. 일단 해보면, 너무 당연해서 모르고 있었던 자신의 장점을 "그랬구나!" 하고 반드시 깨닫게 됩니다. 여러분도 꼭 친구나 가족, 가까운 사람에게 질문해 보세요.

Q.4 내일 당장 일을 그만둔다면, 더 하고 싶다고 느끼는 부분은 무엇입니까? (지금 일을 안 하고 있다면, 전에 했던 일에 대해 생각해 주세요.)

일을 하나의 덩어리로 생각하지 않고 여러 작업의 조합으로 생각하는 게 포인트입니다. 지금 하는 일 전체가 다 즐겁거나 다 힘든 경우는 거의 없습니다. 아무리 즐거운 일이라도 싫은 부분이 있고, 아무리 힘든 일이라도 즐거운 부분이 있습니다.

"내일 당장 일을 그만둔다면, 더 하고 싶다고 느끼는 부분은 무엇입니까?"

그것이 여러분이 잘하는 것이자, 하면서 충실감을 느끼는 부분입니다.

K씨는 업무에 따른 사무작업은 싫어하지만, "고객의 이야기를 듣는 시간이 너무 좋아서 그만두고 싶지 않다."라고 대답했습니다. 이렇게 고객의 이야기를 듣는 게 중심이 되는 일을 한다면, 앞으로 K씨는 크게

빛나겠지요.

지금 싫다고 생각하는 업무 속에도 즐겁게 느끼는 부분이 있을 겁니다. 그 안에 여러분이 잘하는 것이 잠들어 있습니다.

Q.5 지금까지 살면서 성과를 낸 일은 무엇입니까? 어떻게 성과를 냈습니까?

사실 가장 중요한 게 이 질문입니다. 역시 일에 활용할 수 있는 장점을 찾기 위해서는 지금까지 성과를 낸 경험을 돌아볼 필요가 있습니다.

성과를 낸 성공체험이라고 해도, 다른 사람에게 자랑할 만한 것이어야 할 필요는 없습니다. 그저 "성공체험이랄 게 뭐 있나?"라고 생각했을 때 문득 떠오르는 체험이면 충분합니다. 왜냐하면 문득 떠오른 경험은 기억에 강하게 남아 있는 것으로 당시 강렬한 감정을 수반한 경험이기 때문입니다.

1. 충실한 상태에 들어가기 전에 무엇을 했는가?	2. 그때 환경의 특징은?	3. 구체적으로 어떤 행동을 취했는가?
8. 당시, 이렇게 하면 더 좋았겠다고 느낀 점은?	**성공체험, 충실체험은?**	**4. 3의 행동을 취한 것은 무슨 생각에서?**
7. 언제 그 충실감은 끝났는가? 어떻게 하면 지속할 수 있었을까?	**6. 무엇이 동기부여가 되었는가?**	**5. 당시는 무엇을 의식하고 있었는가?**

⇩

잘하는 것의 장점 활용 패턴은?

이렇게 잘하는 것은 감정과 직결되어 있습니다. 장점을 활용할 때는 충실감과 기쁨을 느끼고, 단점을 사용할 때는 공허함을 느끼거나 불안해집니다. 따라서 지금 문득 떠오른 경험을 깊이 파고들면, 거기에 여러분의 장점이 반드시 잠들어 있습니다. 그리고 성공한 체험을 어떻게 파고들지는 다음의 8가지 관점을 사용해 보세요.

1. 충실한 상태에 들어가기 전에 무엇을 했는가?
2. 그때 환경의 특징은?
3. 구체적으로 어떤 행동을 취했는가?
4. 3의 행동을 취한 것은 무슨 생각에서?
5. 당시는 무엇을 의식하고 있었는가?
6. 무엇이 동기부여가 되었는가?
7. 언제 그 충실감은 끝났는가? 어떻게 하면 지속할 수 있었을까?
8. 당시, 이렇게 하면 더 좋았겠다고 느낀 점은?

이 8가지 관점에서 여러분의 성공체험을 깊이 파고들면 장점을 속속 찾아낼 수 있습니다. 이 8가지 관점에서 생각한 후에 알아낸 자신의

1. 충실한 상태에 들어가기 전에 무엇을 했는가?	2. 그때 환경의 특징은?	3. 구체적으로 어떤 행동을 취했는가?
▶ 참고서와 공부 방법을 알아보며 자신에게 가장 잘 맞는 방법을 찾고 있었다. ▶ 전국대회 출전을 포기하고 수험공부에만 집중할 수 있도록 했다.	▶ 부모님의 전폭적인 지원 덕분에 입시 외에는 아무것도 생각하지 않아도 되었다. ▶ 참고서 등은 얼마든지 살 수 있었다. ▶ 같은 대학을 지망하는 친한 친구가 있었다. ▶ 존경할 수 있는 선생님이 계셨다.	▶ 신뢰할 수 있는 선생님의 말을 무조건 따랐다. ▶ 친한 친구와 자신 없는 과목을 서로 문제를 내주며 공부했다. ▶ 무조건 모의고사 문제 풀기를 중시했다. ▶ 통학 중에도 항상 이어폰을 꽂고 영어단어를 외웠다. ▶ 자신의 선택과목으로 합격할 수 있는 대학을 선택했다. ▶ 모의고사 문제를 실전 대비 10% 짧은 시간 안에 풀었다.
8. 당시, 이렇게 하면 더 좋았겠다고 느낀 점은?	**성공체험, 충실체험은?**	**4. 3의 행동을 취한 것은 무슨 생각에서?**
▶ 커트라인이 더 높은 대학을 지망할 걸 그랬다. 대학에 들어간 뒤에 도쿄대학교 콤플렉스를 약간 느꼈다.	고3 때의 수험공부	▶ 존경할 수 있는 사람이 아니면 그 말을 따르기 싫었다. 확실하게 결과가 나오는 공부법으로 도전하고 싶었다. ▶ 단순히 즐거워서. 달리 친한 친구가 별로 없었기 때문에. 자신 없는 과목도 친구와 함께하면 즐거웠다. ▶ 자기만족이 아니라 결과를 낼 수 있는 공부를 하고 싶었다. ▶ 시간낭비 없이 할 수 있는 건 다 하겠다는 마음이었다. 책 한 권이 완벽하게 내 머릿속에 들어가는 게 즐거웠다. ▶ 도중에 문·이과를 변경했기 때문에, 그 과목으로 응시할 수 있는 제일 높은 대학교를 목표로 했다. ▶ 실전에서 결과를 내지 못하면 의미가 없으므로, 실전보다 엄격한 조건하에서 연습했다.
7. 언제 그 충실감은 끝났는가? 어떻게 하면 지속할 수 있었을까?	**6. 무엇이 동기부여가 되었는가?**	**5. 당시는 무엇을 의식하고 있었는가?**
▶ 수험공부가 끝나는 것과 동시에 끝났다. 대학에 들어가는 게 목적이었기 때문에, 그 다음 목표를 잃고 말았다. 애당초 수험공부를 시작하기 전에 "난 뭘 하고 싶은 걸까?"라고 자신의 마음속을 들여다본 후에, 그 목적에 맞는 대학을 선택했다면 좋았을 거라고 생각한다. 대학 4년은 별로 충실감 없이 지나갔기 때문에, 역시 목적과 한 세트가 아닌 목표는 별로 좋지 않은 것 같다.	▶ 점수가 올라가는 성취감. ▶ 주위 친구들보다 좋은 성과를 낼 수 있다는 우월감. ▶ 열중하는 것 자체가 즐거운 몰입감. ▶ 부모님의 칭찬으로 커져가는 자기긍정. ▶ 모르는 걸 알아가는 성장감. ▶ 책 한 권이 머리에 들어가는 완벽함.	▶ 무조건 모든 걸 수험공부에 쏟는 것. ▶ 수험공부 이외의 다른 것에 대한 의식을 가급적 줄이는 것. ▶ 결과를 낼 수 있는 공부법을 활용하는 것. ▶ 신뢰하지 않는 선생님의 말은 귀담아 듣지 않는 것.

⇩

잘하는 것의 장점 사용 패턴은?	
1. 존경할 수 있는 사람을 찾아 전적으로 믿는다. 2. 연습이 아닌 승부의 기회를 늘린다. 3. 같은 목표를 지향하는 친구를 만든다. 4. 성공과 실패가 명확한 목표를 세운다. 5. 납득할 수 있는 전략을 세우는 일에 시간을 쓴다.	6. 짬날 때마다 귀로 인풋한다. 7. 지금의 목표에 필요 없는 것을 없앤다. 8. 성장을 눈으로 볼 수 있도록 가시화한다. 9. 지금의 나를 기준으로 생각하지 않고 큰 꿈을 그린다.

장점을 정리해 보세요.

하나의 성공체험을 깊이 파고들면 30분가량 걸리지만, 그 시간을 투자해 앞으로의 인생에서 지속적으로 사용할 수 있는 자신만의 성공법칙을 찾을 수 있습니다.

한 가지 예로서 저의 고3 시절 수험공부를 가지고 내용을 정리해 봤습니다. 하나의 체험을 돌아봤을 뿐인데, 잘하는 것 9가지를 '장점으로 사용' 가능한 패턴으로 찾을 수 있었습니다. 이것을 지금 하는 일에 활용하거나, 혹은 취직, 이직과 같은 선택의 상황에 적용해 본다면 성과를 내기 쉬워집니다.

장점 정리로 **자신 활용설명서** 만들기

자, 이제 질문에 대답한 내용 속에서 찾은 자신의 '장점'을 정리해 봅시다. 그것이 나 자신을 보다 잘 활용하는 설명서가 되어줄 겁니다. 이렇게 하고 싶은 일은 이 장점과 관련될 필요가 있습니다. 안 그러면 아무리 좋아하는 것이라도 그것은 하고 싶은 일이 아닙니다.

아무리 자기이해를 좋아한다고 하지만, 상심한 사람을 대하는 일은 잘하지 못합니다. 따라서 상심한 사람을 격려하는 일보다는, 자신의 가능성을 더욱 발휘하고자 하는 사람을 지원하는 일을 하고 있습니다.

여러분의 하고 싶은 일의 조합을 위해, 먼저 지금까지 알아낸 장점을 전부 정리합시다. 최소 10개, 욕심을 좀 부리면 20개 정도까지 적을 수 있으면 좋습니다. 잘하는 것의 장점 사용 패턴이 많을수록 어떤 상황에서든 자신의 재능을 발휘한 행동을 취할 수 있게 됩니다. 그리고 "이 장점만 있으면, 난 어떤 목표라도 달성할 수 있어."라는 자신감이 생깁니다. 만약 장점의 수가 부족한 경우에는 질문 5의 성공체험을 더 깊이 파고들거나 책 말미에 추가 준비한 [잘하는 것(재능)을 찾는 30가지 질문](216p)에 답해 보기 바랍니다. 예를 들어 표와 같이 행동의 승리 패턴을 리스트로 만들어 볼 수 있습니다. 그리고 장점을 다 적었으면 '◎, ○, △' 3단계 평가로 매겨봅시다.

잘하는 것의 장점 사용 패턴 정리(10개 이상)

1	존경할 수 있는 사람을 찾아 따라 한다.
2	연습이 아닌 실전을 늘린다.
3	납득할 수 있는 전략을 세우는 일에 시간을 쓴다.
4	성과를 눈으로 볼 수 있도록 가시화한다.
5	성공과 실패가 명확한 목표를 세운다.
6	지금의 나를 기준으로 생각하지 않고 큰 꿈을 그린다.
7	끝까지 만족하지 않고 양질을 추구한다.
8	자신과 타인의 강점을 알고 활용한다.
9	새로운 사업을 시작한다.
10	지속적으로 새로운 것을 공부한다.
11	사람들이 즐길 수 있는 구조를 만든다.
12	몰두한 일에 철저하게 시간을 쓴다.
13	지금의 목표에 필요 없는 것을 없앤다.
14	정보를 정리해 체계를 세워 설명한다.
15	다른 사람에게 새로운 시도를 조언해 준다.
16	사람들에게 주목받는 무대가 있으면 힘을 발휘한다.
17	설레는 아이디어를 생각한다.
18	믿을 수 있는 친구와 신뢰관계를 쌓는다.
19	자신의 성공체험을 전하고, 사는 모습을 보여주며 인도한다.
20	불특정 다수에게 전하는 일을 한다.

◎ : 충실감이 있고 성과로 이어진다.

○ : 충실감이 있다.

△ : 아직 확신을 가질 수 없다.

CHAPTER 7에서 좋아하는 것과 잘하는 것이 잘 발휘된 장점을 조합해, 하고 싶은 일을 만들어낼 것입니다. 거기서는 ◎의 장점을 중심

CHAPTER 5

잘하는 것의 장점 사용 패턴 정리(10개 이상)

◎	1	존경할 수 있는 사람을 찾아 따라 한다.
◎	2	연습이 아닌 실전을 늘린다.
○	3	납득할 수 있는 전략을 세우는 일에 시간을 쓴다.
◎	4	성과를 눈으로 볼 수 있도록 가시화한다.
◎	5	성공과 실패가 명확한 목표를 세운다.
○	6	지금의 나를 기준으로 생각하지 않고 큰 꿈을 그린다.
◎	7	끝까지 만족하지 않고 양질을 추구한다.
◎	8	자신과 타인의 강점을 알고 활용한다.
◎	9	새로운 사업을 시작한다.
◎	10	지속적으로 새로운 것을 공부한다.
○	11	사람들이 즐길 수 있는 구조를 만든다.
○	12	몰두한 일에 철저하게 시간을 쓴다.
◎	13	지금의 목표에 필요 없는 것을 없앤다.
◎	14	정보를 정리해 체계를 세워 설명한다.
◎	15	다른 사람에게 새로운 시도를 조언해 준다.
○	16	사람들에게 주목받는 무대가 있으면 힘을 발휘한다.
◎	17	설레는 아이디어를 생각한다.
○	18	존경할 수 있는 친구와 신뢰관계를 쌓는다.
◎	19	자신의 성공체험을 전하고, 사는 모습을 보여주며 인도한다.
◎	20	불특정 다수에게 전하는 일을 한다.

으로 조합합시다. 충실감을 느끼고 성과를 낼 수 있었던 장점을 사용할 수 없다면, 그것은 여러분이 하고 싶은 일이 아니기 때문입니다.

이렇게 장점을 발견했다면, 좋아하는 것을 찾을 준비가 완료된 상태입니다. 그럼 3가지 요소 중 마지막인 좋아하는 것을 다음 장에서 찾아봅시다.

CHAPTER 06

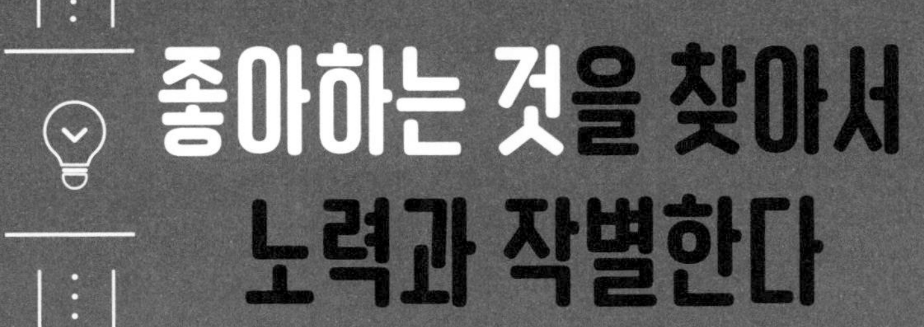

좋아하는 것을 찾아서 노력과 작별한다

좋아하는 것을 정의하면?

지금부터 '좋아하는 것'을 찾기에 앞서, 애당초 일을 찾는 데 있어 좋아하는 것이 무엇인지 설명하겠습니다. 이 책에서 말하는 좋아하는 것이란 한마디로 '흥미, 호기심을 느끼는 분야'입니다. 예를 들어 자기이해를 좋아하는 사람은 '어떻게 하면 나를 더 잘 알 수 있을까?'라고 생각하고, 프로그래밍을 좋아하는 사람은 '이 시스템은 왜 안 움직이지?'라고 궁금해합니다. 라멘을 좋아하는 사람은 '맛있는 라멘과 맛없는 라멘의 차이는 뭘까?'라는 생각을 안 할 수 없습니다.

이처럼 자신이 좋아하는 분야에 대해서는 의문을 의문으로 내버려두지 못합니다. '모르는' 것을 '아는' 상태로 바꾸고 싶어집니다. 그 간극을 메우고 싶어 하는 마음이 바로 '좋아함'입니다.

보통 좋아하는 이성이 있으면 자연스럽게 흥미가 생기고 "더 많이 알고 싶어!" "더 친해지고 싶어!"라고 생각합니다. 그것도 같은 '좋아함'입니다. 이렇게 좋아하는 것에는 자연스럽게 흥미가 생기고, 그것이

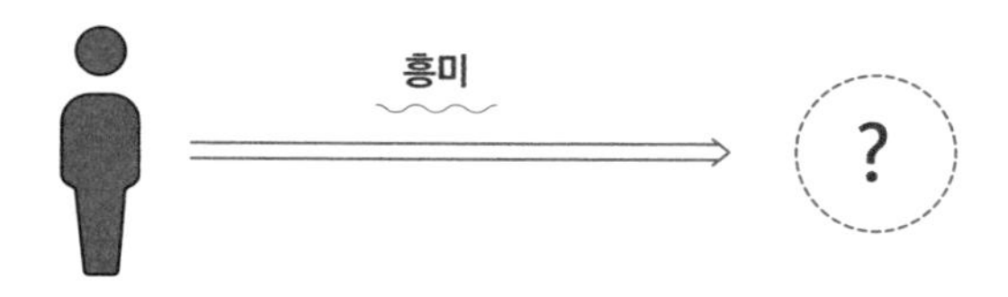

일의 동기부여가 됩니다. 요컨대 여러분이 아래와 같이 느끼는 것들이 바로 좋아하는 것입니다.

- 왜?
- 어째서?
- 어떻게 하면?

레오나르도 다 빈치는 "식욕이 없는데 음식을 먹으면 건강을 해치듯이, 욕구를 수반하지 않는 공부는 오히려 기억을 저해한다."라고 말했습니다. 식욕이 생기듯이 자연스럽게 '궁금해!'라는 욕구가 생기는 분야를 찾으면, 일의 동기부여가 떨어져 근심하는 일은 없어집니다. 그런 분야를 함께 찾아봅시다.

POINT

좋아하는 것 = 흥미, 호기심을 느끼는 분야

노력은 몰입을 당할 수 없다

과거 '정보의 전파로 어떻게 성과를 올릴까?'라는 주제로 사람들에게 강의를 한 적이 있습니다. 그 당시에 개인적으로는 어느 정도 경제적으로 안정되었지만, 항상 "이대로 과연 괜찮을까?"라는 답답한 마음이 있었습니다. 그것은 어찌 보면 나 자신이 '정보의 전파'에 대해 순수한 흥미를 갖지 못했기 때문일 겁니다. 그저 '직업이니까 공부한다.'라는 의무감 같은 거였습니다. 공부한 것을 다른 사람에게 알려주고 감사인사를 받는 건 기쁜 일이지만, 공부할 때는 늘 "이런 걸 왜 공부하지?"라고 느끼고 있었던 겁니다. 지금은 순수하게 흥미가 있는 '자기이해'를 직업으로 삼고 있습니다. 그러므로 공부할 때도 노력한다는 느낌이 전혀 없습니다. 오히려 공부하는 시간을 더 늘려 끝까지 파고들고 싶은 마음이 있습니다.

이 경험을 통해 '돈 때문에 일하는 사람은 좋아서 일하는 사람을 당할 수 없다'라는 것을 통감했습니다. 아마도 동기부여의 양이 완전히 다르기 때문일 겁니다. 혹시 주위에 자기 일을 굉장히 좋아하는 사람이 있어서, "이 분야에 이런 열정을 가진 사람이 있었구나. 난 절대 못 이겨."라고 생각한 적은 없습니까?

어찌 보면 이렇게 좋아하는 것을 직업으로 삼으면 노력할 필요조차 없이 저절로 몰입할 수 있습니다. 자신의 동기부여의 원천과 직접 연결된 상태이기 때문입니다. 그러다 보니 "오늘은 왠지 의욕이 안 생겨."라고 느끼는 날이 거의 없어졌습니다.

인생은 100미터 달리기가 아닙니다. 긴 마라톤과 같은 것입니다. 한 20대 청년은 "앞으로 이 일을 50년 넘게 해야 한다고 생각하니까 너무 끔찍해서 일하는 방식을 바꿔야 한다고 느끼고 자기이해를 시작했어요."라고 말한 적이 있습니다. 그 말에는 완전히 동감합니다. 인생의 중심에 존재하는 일이란 것에 대해 '이 일이 진짜로 좋아!'라고 말할 수 없는 삶이란 정말 갑갑합니다. 남은 인생이 길다면 더더욱 그렇습니다.

일시적인 '노력'은 100미터 달리기에서는 효과적입니다. 하지만 인생이라는 마라톤에서는 도중에 주저앉지 않고 좋아하는 것에 몰입해 계속할 필요가 있습니다. 짧은 승부에서는 노력도 유효한 전략이지만, 장기적인 승부에서 노력은 몰입을 이길 수 없습니다. 여러분도 몰입이라는 최강의 동기부여를 얻어, 중간에 주저앉지 않는 일하는 방식을 알아가기 바랍니다.

CHAPTER 6

POINT

성공을 위해 돈을 많이 벌 것 같은 일을 한다. NO!
성공을 위해 좋아하는 일을 한다. YES!

야구가 좋아서 야구 관련 직업을 선택하면 실패

이렇듯 '좋아하는 것'을 직업으로 삼는 게 좋다고 말하는 한편으로, 좋아하는 것을 직업으로 삼으면 안 된다고 말하는 경우도 있는 게 사실입니다. 그 이유는 뭘까요?

실은 '좋아하는 것을 직업으로 삼는다.'에는 실패하는 패턴이 있습니다. 그것은 '야구가 좋아서 야구 관련 직업을 선택한다.'처럼, 좋아하는 것과 직접 관련된 직업을 선택해버리는 것입니다. 단순하게 좋아하는 것이라는 분야에서 직업을 찾아, 그 직업이 구체적으로 무슨 일을 하는지는 생각 안 하고 선택해버리면 대개 실패하게 됩니다.

어떤 사람이 학창시절부터 야구를 좋아했다고 합시다. 원래는 야구 선수가 되고 싶었지만 그건 어려울 것 같아서 야구와 관련된 직업을 찾기로 했습니다. 그리고 취업을 위해 노력한 결과, 좋아하는 야구와 관련된 야구용품 브랜드에서 판매직으로 일하게 되어 잘됐다고 생각했지만, 웬일인지 마음은 충족되지 않습니다.

이유는 간단합니다. 야구를 하는 것은 좋아했지만, 야구용품을 판매하는 일은 좋아하지 않았기 때문입니다. 그저 좋아하는 것이라는 분야에만 눈이 팔리면, 이런 실패 패턴에 빠져들고 맙니다. 그 분야에서 자신이 무엇을 할 때 즐거운지를 파악하고, '잘하는 것'도 한 세트로 생각

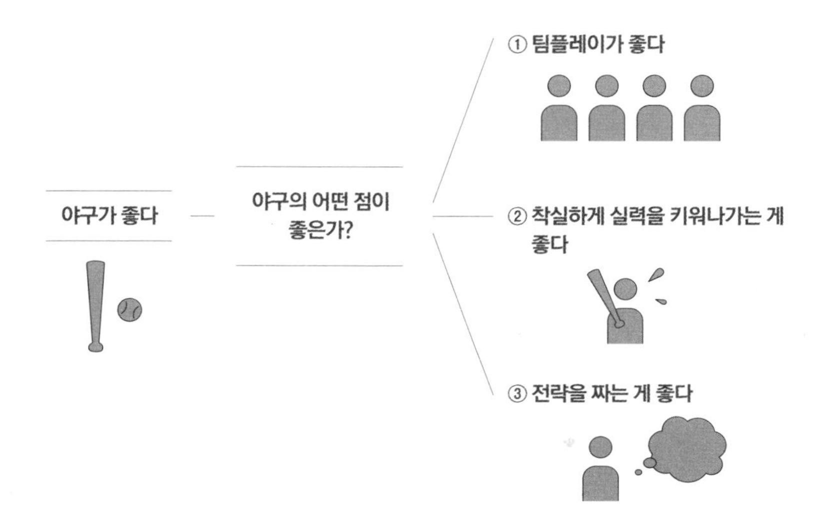

하는 게 중요합니다.

실제로 '야구가 좋다.'라고 해도, '야구의 어떤 점이 좋은가?'에 대한 답은 사람마다 다릅니다. 예를 들어 '야구의 팀플레이가 좋다.'라면, 직업을 고려할 때 '팀으로 할 수 있는 일인가?'라는 관점이 중요합니다. 또는 '실력을 착실하게 키워나가는 게 좋다.'라면, '이 일은 기술을 연마하는 즐거움이 있는가?'라는 관점을 갖는 게 좋겠지요. 그리고 '야구의 전략을 짜는 게 좋다.'라면, '단순작업이 아니라 내 머리로 생각할 수 있는가?'라는 기준으로 직업을 선택할 필요가 있습니다.

이러한 과정을 통해 야구 관련 직업으로 실현된다면 물론 이상적이겠지만, 야구가 아니라도 그런 즐거움을 느낄 수 있는 일은 얼마든지 있습니다. 단순히 '야구가 좋아!'가 아닌 '야구의 어떤 점이 좋은가?'를 생각해 봅시다. 이 부분은 잘하는 것과도 관련이 있습니다. 좋아하는

CHAPTER 6

것을 직업으로 선택할 때는 '분야'뿐 아니라 '어떤 점이 즐거운가?'도 함께 생각해야 하는 것을 잊지 마세요.

- **팀플레이가 좋다** → 팀워크로 할 수 있는 일
- **실력을 착실하게 키워나가는 게 좋다** → 기술을 연마하는 일
- **전략을 짜는 게 좋다** → 기획, 전략의 일

POINT

좋아하는 것을 직업으로 선택할 때는
'어떤 점이 좋은가?'도 함께 생각한다.

직업으로 삼아야 할, 삼으면 안 되는 좋아하는 것

사실 '직업으로 삼아야 할 좋아하는 것'과, '직업으로 삼으면 안 되는 좋아하는 것'이 따로 있습니다. 그 차이는 간단합니다. 한마디로 '도움이 되니까 좋아하는 것'은 직업으로 삼으면 안 됩니다. '흥미가 있으니까 좋아하는 것'을 직업으로 삼아야 합니다.

보통 도움이 되니까 좋아하는 것이란, 하고 난 후에 따라오는 어떤 결과를 원하기 때문에 하는 것입니다. 흥미가 있으니까 좋아하는 것은 그것을 접하는 그 순간이 즐거워서 하는 것입니다. 그러나 많은 사람이 도움이 되니까 좋아하는 것을 중시한 나머지 흥미가 있으니까 좋아하는 것을 버리고 맙니다.

그리고 '도움이 안 된다.'라는 말은, 좋아하는 것을 찾으려 하는 사람의 발목을 잡는 가장 큰 악마입니다. 이렇게 '도움이 되느냐, 안 되느냐.'라는 기준이 너무 강하면, 좋아하는 것은 찾을 수 없습니다.

물론 합리적이고 효율적으로 사는 것은 훌륭한 일입니다. 굳이 쓸데없는 일을 하라는 뜻은 아닙니다. 그러나 많은 사람들이 빠지는 함정이 하나 있습니다. 합리성에 인생을 점령당하는 것입니다. 모든 행동이 '이건 도움이 되는가?'라는 기준을 충족해야만 하는 것처럼 느껴져 브레이크가 걸릴 때가 있습니다. 그 결과, '좋아하는 것을 하며 행복하게 산다.'라는 본래의 목적을 잃고 '도움이 되는 일(합리적인 일)'이 아니면 하면 안 되는 것처럼 느껴지게 됩니다. 이것이 합리화의 함정입니다.

- 도움이 되는 일이 아니면 해서는 안 된다.
- 누군가에게 설명할 수 있는 일이 아니면 해서는 안 된다.
- 돈을 벌 수 있는 일이 아니면 해서는 안 된다.
- 생산적인 일이 아니면 해서는 안 된다.

요즘 이런 생각을 하는 사람들이 많다고 느껴집니다. 이러면 결국 본인이 뭘 좋아하는지 모르는 게 됩니다. 일단 '도움이 되느냐, 안 되느냐.'라는 기준을 버리고, 먼저 순수하게 자신이 좋아하는 것을 찾는 것이 중요합니다. 어떻게 직업으로 삼을지는 그다음에 생각하면 됩니다.

POINT

도움이 되니까 좋아하는 것을 직업으로 삼는다. NO!
흥미가 있으니까 좋아하는 것을 직업으로 삼는다. YES!

work 5가지 질문을 통해 좋아하는 것을 찾아낸다

Q.1 지금 돈을 지불하고서라도 배우고 싶은 게 있습니까?

지금 당장 돈을 내고서라도 공부하고 싶은 건 무엇인가요?

얼마 전 '자기인식 강화 프로그램'에 참석하고 왔습니다. 이틀에 10만 엔짜리 프로그램으로, 결코 저렴하지는 않지만 새로운 지식을 배울 수 있어 큰 공부가 되었습니다. 자신의 전문 분야에 관한 내용이니까 물론 일입니다. 이렇게 직업이기도 하지만, 이는 늘 하는 '놀이' 같은 것으로 여겨집니다. 이런 식으로 좋아하는 것을 직업으로 삼으면, 좋아서 하는 공부가 일에도 도움이 되고 수입으로도 이어지는 순환을 만들어 낼 수 있습니다.

여러분이 지금 돈을 내고서라도 공부하고 싶다고 느끼는 것은 무엇입니까? 또는 돈을 지불해서라도 체험하고 싶다고 느끼는 것은 무엇입니까?

공부하고 싶다고 느끼는 분야는 흥미를 느끼는 분야입니다. 따라서 그 분야를 직업으로 삼으면, 그 일은 자신이 좋아서 하는 놀이가 됩니다. 지금 공부하고 싶고, 체험하고 싶은 것들을 적어봅시다.

Q.2 책장에 어떤 장르의 책이 잠들어 있습니까?

자신의 책장을 한 번 바라봐 주세요. 거기에 어떤 장르의 책이 꽂혀 있습니까?

그중에 보기만 해도 가슴 설레는 책이 있습니까? 지금까지 시간을 투자해 읽어온 책을 바라보면, 자신이 무엇에 흥미를 느끼는지 알 수 있습니다.

집에 책이 별로 없다면 서점에 가보기 바랍니다. 모든 분야의 책이 다 있는 가급적 큰 서점을 추천합니다. 예전에 "속는 셈 치고 서점에 갔다가 정말로 좋아하는 걸 찾았어요!"라고 말씀해 주신 분들도 있었습니다. 그 정도로 서점의 영향은 강력합니다.

자, 서점을 한 바퀴 돌아봅시다. "이 코너는 관심 없어."라고 단정 짓지 말고 일단 전체적으로 한 바퀴 돌아볼 것을 추천합니다. 그리고 자신이 어느 코너 앞에 멈춰 섰는지 관찰해 보세요. 이때의 포인트는 '도움이 되니까 궁금해졌다.'가 아니라 '왠지 궁금해진 책!'에 주목하는 것입니다. 도움이 되니까 좋아하는 책은 머리로 선택한 책입니다. '실적으로 이어질 것 같다.'라는 이유로 선택한 책은 좋아한다기보다 '필요'에 가까운 것입니다. 도움이 되니까 필요한 책과 왠지 궁금한 책을 구별해서 생각합시다.

왠지 궁금한 책은 직감으로 찾아낸 책입니다. 그게 여러분이 정말로 좋아하는 것입니다. '왠지 몰라도 이 분야에 흥미가 있다.'라고 느낀 책을 선택하세요. 여러분이 궁금한 책은 어떤 분야의 책이었습니까? 흥미가 생긴 책에서 다루는 분야가, 이제부터 직업으로 삼으면 좋을 분야이자 자신이 좋아하는 분야일 확률이 매우 높습니다.

Q.3 "다행이다!" "구원받았다!"라고 느끼는 분야, 장르, 물건이 있습니까?

흔히 "넌 좋아하는 게 뭐야?"라는 질문에는 대답을 잘 못하는 사람도 "지금까지 구원받았다고 느낀 적 있어?"라고 물으면 대답하는 경우가 있습니다. 지금까지 살면서 "이걸 만나서 다행이다!"라고 느낀 분야나 장르가 있습니까?

이렇게 '구원받았다.'라고 느낀 경험을 통해 그 대상에 흥미가 생겨 좋아하게 되고 직업으로 삼는 패턴은 매우 많이 있습니다.

어떤 것인지 구체적으로 설명해 볼까요. 하나의 예로, 저의 경우 '자기이해'를 좋아합니다. 왜냐하면 옛날에 '성격'이라는 개념에 구원받은 경험이 있기 때문입니다.

어릴 때부터 전형적인 리더 타입인 형을 부러워하며 "나도 형처럼 사람들의 중심에서 분위기를 이끄는 사람이 되고 싶다."라고 생각했습니다. 그 영향으로 중학교, 고등학교, 대학교 시절 내내 형을 롤모델로 삼아 따라 했습니다. 대학에 간 뒤에는, 낯을 가리는 성격을 고치기 위한 일환으로 히치하이킹을 100번이나 했다는 이야기는 앞에서도 했습니다. 하지만 처음 보는 사람에 대한 불편한 느낌은 사라지지 않았고, "난 역시 안 돼."라고 자기혐오에 빠져 있었습니다.

그런 때 '인간의 성격은 원래 뇌에 따라 내향형, 외향형으로 나누어

져 있다.'라는 사실을 알게 된 것입니다. 진단 테스트를 받아 보니 인간관계로 에너지가 소모되는 내향형 인간이었습니다. 이때 어떤 구원을 받은 듯한 심정이었습니다.

지금까지 자신의 그런 성격을 끊임없이 부정해왔지만, 애당초 바꿀 수 없는 것임을 알았을 때, 어깨의 짐을 내려놓은 듯한 그 기분을 아직도 기억합니다. 성격이라는 개념을 만난 덕분에 정말로 구원받았습니다. 지금까지도 모르고 있었다면, 아마 같은 문제로 여전히 괴로워하고 있었을 거라고 생각합니다. 이 경험을 통해 더 많은 사람이 성격에 대해 이해하기를 진심으로 바라고 있습니다. 자신이 구원받은 덕분에, 이것을 더 많은 사람에게 알려야 한다는 열정을 늘 간직하고 있습니다.

친구 중에는 금전적으로 힘들었던 시기에 신용카드 포인트를 알뜰하게 모아 연명한 후, 신용카드의 매력에 빠져 신용카드 정보를 정리해 알리는 일을 직업으로 삼은 이도 있습니다.

만약 여러분이 그 분야를 만난 것은, 그것을 널리 퍼뜨려주는 누군가가 있었기 때문이 아닐까요? 자신이 만나서 구원받았다고 느끼는 대상은 매우 강한 에너지를 가지고 있습니다. 다음은 자신이 구원받은 것을 널리 퍼뜨리는 입장으로 활동해 보는 건 어떨까요? 알게 되어서, 다행이라고 느끼는 분야를 생각해 보면 좋아하는 것을 찾을 수 있습니다.

Q.4 지금까지 살아오면서 '감사인사를 하고 싶은 직업'은 무엇입니까?

지금까지 살아온 가운데 '감사인사를 하고 싶은 직업'은 무엇인가요? '감사인사를 전하고 싶은 사람'이라는 관점에서 생각해도 좋습니다.

개인적으로는 좌절의 위기에서 도움을 주셨던 '선생님'에게 감사인사를 드리고 싶습니다. 먼저, 앞에서도 소개한 초등학교 2학년 때의 액세서리를 주렁주렁 장식한 담임선생님. 스스로 생각하는 것의 중요성을 가르쳐주셨습니다. 다음으로는 고등학교 때 영어수업을 못 따라가고 있는데 중학교 1학년 수준의 기초부터 하나하나 가르쳐주시며, 실력이 점점 향상되는 기쁨을 알려주신 학원선생님. 마지막으로 자기이해 방식의 바탕이 된 개념을 가르쳐주신 정신과 의사 이즈미야 칸지 선생님입니다.

다음에는 나 자신이 과거에 신세졌던 '선생님 같은 존재'가 돼서 다른 사람의 인생을 이끌어주는 존재가 되고 싶습니다. 좋아하는 분야로 말하면 '교육'입니다. 지금도 교육 관련 일을 하고 있듯이, 내가 실천해 발견한 내용을 다른 사람에게 알리는 일을 하고 싶다고 강하게 느끼고 있습니다. 여러분은 어떤 직업에 대해 감사하고 있습니까?

Q.5 지금까지의 인생에서 세상에 대해 분노를 느낀 일은 무엇입니까?

지금까지 살아오면서 사회의 어떤 일에 분노를 느꼈습니까?

분노는 현재 상태에 대한 불만입니다. "좀만 더 이렇게 해봐!"라고, 현재 상태에 부족함을 느끼기 때문에 분노가 생깁니다. 우리는 분노를 느끼는 분야를 조금이라도 개선하기 위해 일할 수는 없을까요?

과거 S씨는 '자신과 가까운 사람이 부정적인 기운을 발산하는 못된 사람에게 행복을 빼앗기는 것'에 분노를 느낀다고 말했습니다. 다시 말해 S씨는 인간관계를 중시하고 거기에 흥미가 있다는 뜻입니다. 그런 S씨는 현재, 인간관계를 좋게 만드는 노하우를 알리는 일을 하고 있습니다. 이렇게 좋아하는 것의 정의 그대로 '어떻게 하면 인간관계가 더 좋아질까?'에 흥미를 가지고 있기 때문에, 자연스럽게 공부하며 더욱 성장할 수 있었던 것입니다.

여러분이 사회에 대해 분노를 느끼는 일은 무엇입니까? 그 분야에서 일하면 동기부여가 저절로 높아지므로 강력추천합니다.

질문에 대답하는 동안 여러분이 좋아하는 분야를 찾았습니까? 더 많은 질문에 대답하고 싶다면, 책 말미에 있는 [좋아하는 것(열정)을 찾는 30가지 질문](220p)에 대답하고 좋아하는 것을 찾아보세요.

CHAPTER 07

진짜로 하고 싶은 일을 정하고 진짜 자신으로 산다

미래를 위해 사는 삶, 지금 당장 멈추기

이번 장에서 드디어 지금까지 모은 조각들을 조합해 여러분이 '진짜로 하고 싶은 일'을 정해나가겠습니다. 하지만 지금까지 이 책을 읽고, "이번에도 역시 하고 싶은 일은 못 찾을 것 같아. 일단 나중에 도움이 될 만한 기술이나 배워놓을까."라고 생각하기 시작한 분은 안 계십니까?

그런 분들에게 "언제까지 미래의 가능성 속에 살 것인가?"라고 묻고 싶습니다.

얼마 전 "하고 싶은 일이 뭔지 모르겠으면, 나중을 위해 일단 프로그래밍을 배워두는 게 좋아. 앞으로 수요가 많아져서 돈도 많이 벌 수 있으니까 추천해."라고 말하는 사람을 보았습니다. 그런데 이런 발상은 매우 위험하다고 생각합니다. 이것은 우리가 교육현장에서 반복적으로 들어온, '나중에 다 도움이 되니까 일단 배워둬.'라는 말과 완전히 똑같습니다. 좋은 대학에 들어가기 위해 공부하고, 좋은 직장에 들어가기 위해 스펙을 쌓고, 그다음은 미래에 도움이 될 만한 기술을 배워야 하는 걸까요?

지금 여러분은 자신의 직업에 만족하고 있습니까? 아직 만족 못 하기 때문에 이 책을 읽는 게 아닌가요? 그런데도 언제까지 미래를 위해 살 건가요? 저 자신도 대학에 간 것은 '나중에 다 도움이 되니까.'라는 이유였습니다. 하지만 뚜렷하게 배우고 싶은 게 있었던 건 아니라서 대학생활이 충실했다는 느낌은 전혀 없었습니다.

지금 하고 싶은 일이 뭔지 몰라 헤매고 있다면, 그것은 지금까지 자신의 마음과 마주하기를 미뤄왔기 때문입니다. 자꾸 미루며 "일단은 도움이 될 만한 걸 공부하고, 그다음에 하고 싶은 일을 찾으면 되지."라고 생각해왔을 겁니다.

그러나 이제 사고방식을 근본적으로 바꿔야 합니다. 미래를 위해 가능성을 남겨두고 사는 태도는 버려야 합니다. 미래를 위해서가 아니라, 지금 가장 하고 싶은 일을 찾아 몰두해야 합니다. 미래를 위해 살기보다, 지금 가장 하고 싶은 일과 진지하게 마주해야 하며 그러는 동안 여러분은 훌쩍 성장해 있을 것입니다. 이러한 성장을 발판 삼아 진정 하고 싶은 일을 찾았을 때, 그 도전은 한층 더 수월할 수 있습니다. 지금 해야 할 일은, 가장 하고 싶은 일을 바로 여기서 결정하는 것입니다.

POINT

하고 싶은 일을 결정하는 것을 미뤄서는 안 된다.

하고 싶은 일은 **하나의 가설에 불과**

지금 가장 하고 싶은 일을 결정하면, 그때부터 인생이 움직이기 시작합니다.

그러니 처음에는 임시로 정해도 괜찮습니다. 일하면서 더 확실하게 느낌이 오는 '진짜로 하고 싶은 일'로 발전시켜 나가면 됩니다. 하지만 그것은 무턱대고 "하고 싶은 일을 찾으려면 무조건 행동이 최고다!"라며 움직이는 것과는 완전히 다릅니다.

가설 없이 즉흥적으로 행동하면 하고 싶은 일은 찾을 수 없습니다. 그것은 단순한 도박일 뿐이며, 복권을 사서 부자가 되기를 꿈꾸는 것이나 다름없습니다. 즉흥적으로 행동해 회사를 10곳 이상 옮겨 다니다 잡 호퍼가 되어버린 사람과 이야기를 나눈 적이 있었는데, 그 사람은 놀라울 정도로 스스로에 대해 모르고 있었습니다. 그냥 그 일이 싫어서 이직한 것뿐이었습니다. 그런 방식으로 하면 아무리 이직을 거듭해도 진정 하고 싶은 일에는 도달할 수 없습니다.

그런 상태가 되는 건, 과거를 돌아보고 자신에 대해 알기를 게을리해 왔기 때문입니다. 무엇보다 중요한 것은 '가설을 세우고, 행동하고, 돌아보고, 다음번에 활용하는 것'입니다.

솔직히 말해 자기이해를 알리는 일을 처음 시작했을 때 "별로 재미

없네."라고 생각했습니다. "하고 싶은 일을 하는데 왜 재미가 없을까?"라고 느끼고 있었던 것입니다. 곰곰이 생각해 보니 그 원인은 명백했습니다. 즉 좋아하는 것이지만, '잘하는 방식'이 아니었기 때문입니다. 자기이해 분야를 매우 좋아했습니다. 하지만 자기이해를 돕는 일을 처음 시작했을 때 했던 '고객의 이야기를 듣는' 방식은 나 자신이 '잘하는 것'이 아니었던 것입니다.

처음에는 카페에서 일대일로 마주앉아 상대의 이야기를 듣고 이끌어내는 방식으로 시작했습니다. 이야기 속에서 상대가 하고 싶은 일을 이끌어내는 방식이었습니다. 하지만 "네네." 하고 고개를 끄덕이며 상대의 이야기를 듣는 일은 정말 고역이었습니다. 저에겐 '듣기'보다는 '말하고 쓰는' 편이 압도적으로 '잘하는 것'입니다. 그 사실을 깨닫고 자기이해 분야는 그대로 유지한 채 일하는 방식을 바꿨습니다. 바로 '좋아하는 것'은 고정해놓고, 나 자신이 '잘하는 것'으로 일하는 방식을 수정한 것입니다.

구체적으로 어떻게 했는가 하면, 다른 사람의 이야기를 듣지 않아도 되는 세미나라는 형식으로 바꿨습니다. 30~50명을 앞에 두고 자기이해 이론을 설명한 후, 참가자들끼리 의견을 나누게 만드는 세미나입니다. 이렇게 하면 고객의 이야기를 깊이 들을 필요는 없습니다.

하지만 세미나 방식으로 바꾸고 처음에는 즐거웠지만, 이 역시 차츰 고역이 되기 시작했습니다. 그 원인은 '매일 똑같은 말을 반복하는' 방식에 있었습니다. 개인적으로 똑같은 일을 반복하는 걸 굉장히 싫어합니다. 그게 원인이 되어 편의점 아르바이트도 잘렸을 정도입니다. 세미나라는 형태는 그대로 놔두고, 나 자신이 신선함을 느끼고 즐길 수 있도록 매번 새로운 이야기를 하는 시도도 해봤습니다. 하지만 매일같이 하는 세미나에서 매번 새로운 내용과 자료를 준비하기가 너무 힘들어서 계속할 수 없었습니다.

다시 그 점을 깨닫고 자기이해 분야는 그대로 놔둔 채 또 일하는 방식을 바꾸었습니다. 같은 말을 반복하는 게 힘들었기 때문에, 카메라를 향해 한 번만 이야기하면 그것을 여러 번 활용할 수 있는 동영상 프로그램을 만들기로 했습니다.

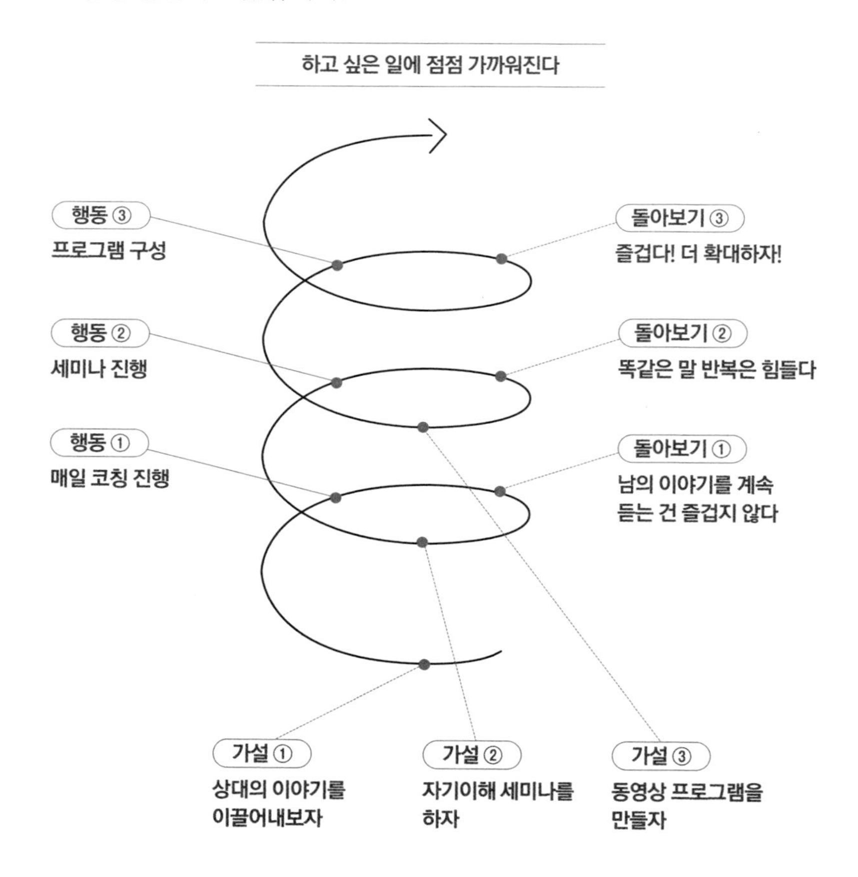

지금은 자기이해에 대해 체계를 세워 설명하는 동영상 프로그램을 수강하게 한 다음, 실패한 포인트를 메시지로 상담하는 방식으로 일하고 있습니다.

이렇게 하면 '다른 사람의 이야기를 듣는다.'와 '똑같은 이야기를 반복한다.'처럼 자신에게 안 맞는 방식을 전부 피할 수 있습니다. 이렇게 좋아하는 것에 축을 두고 잘하는 것을 조합해가며 시행착오를 거듭한 결과, 지금은 좋아하는 것과 잘하는 것이 절묘하게 어우러진, 하고 싶은 일을 하고 있습니다.

이렇게 하고 싶은 일이란 좋아하는 것과 잘하는 것이 매치되어야 합니다. 그리고 이 2개의 조각이 어느 날 갑자기 딱 맞아떨어지는 일은 거의 없습니다. 실제로 일해가면서 시행착오를 거치며 찾아나가는 것입니다.

여기서 짚고 넘어가야 할 것은, 여러분이 앞으로 찾을 하고 싶은 일도 하나의 가설에 지나지 않는다는 점입니다. 실제로 해보고 위화감이 느껴진다면, 잠시 멈추고 수정하기 바랍니다. 이러한 과정을 반복하여 진짜로 하고 싶은 일에 다가서게 됩니다. 또 그 방식의 어떤 점이 좋고 어떤 점이 싫은지는 '가치관에 어긋나는가?' '잘하는 것과 어긋나는가?' '좋아하는 것과 어긋나는가?'라는 3가지 관점에서 생각하면 금세 알 수 있습니다.

POINT

행동하고 수정하면서 진짜 하고 싶은 일에 점점 다가간다.

work STEP 1

좋아하는 것×잘하는 것, 하고 싶은 일의 가설을 세운다

그럼 '진짜로 하고 싶은 일'의 바탕이 될 '하고 싶은 일의 가설'을 세워봅시다. 어렵게 들리지만 간단합니다. 지금까지 이 책을 읽어왔다면, 진짜로 하고 싶은 일을 조립하기 위한 조각은 이미 마련되어 있으니까요. 이제 그 조각들을 잘 조합해서 하나의 모양으로 만들면 됩니다. 진짜로 하고 싶은 일을 결정하는 데에는 2단계를 거치면 됩니다.

우선 지금까지 찾아낸 '좋아하는 것'과 '장점'을 쭉 적어봅시다. 조합할 장점은 ◎을 매긴 것을 중심으로 합니다. 기타 장점은 '하고 싶은 일'을 진행해가는 가운데 보조적인 것으로 이용합니다.

그것들을 자유롭게 조합해 하고 싶은 일을 만들어봅시다. 여기서는 '질보다 양'입니다. 압축하는 것은 다음 단계입니다. 설레는 느낌이 든다면 계속해서 조합해 적어봅시다. 하지만 이렇게 말은 쉬워도 어떻게 해야 좋을지 잘 모를 수도 있으니 저의 경우를 예시로 들어봅니다. 먼저 좋아하는 것을 적어보고, 이것을 자신의 장점(잘하는 것)과 조합시켜 하고 싶은 일을 생각해 봤습니다.

· 자기이해

· 보드게임

· 패션

잘하는 것의 장점 사용 패턴 정리(10개 이상)

◎	1	존경할 수 있는 사람을 찾아 따라 한다.
◎	2	연습이 아닌 실전을 늘린다.
○	3	납득할 수 있는 전략을 세우는 일에 시간을 쓴다.
◎	4	성과를 눈으로 볼 수 있도록 가시화한다.
◎	5	성공과 실패가 명확한 목표를 세운다.
○	6	지금의 나를 기준으로 하지 않고 큰 꿈을 그린다.
◎	7	끝까지 만족하지 않고 양질을 추구한다.
◎	8	자신과 타인의 강점을 알고 활용한다.
◎	9	새로운 사업을 시작한다.
◎	10	지속적으로 새로운 것을 공부한다.
○	11	사람들이 즐길 수 있는 구조를 만든다.
○	12	몰두한 일에 철저하게 시간을 쓴다.
◎	13	지금의 목표에 필요 없는 것을 없앤다.
◎	14	정보를 정리해 체계를 세워 설명한다.
◎	15	다른 사람에게 새로운 시도를 조언해 준다.
○	16	사람들에게 주목받는 자리가 있으면 힘을 발휘한다.
◎	17	설레는 아이디어를 생각한다.
○	18	믿을 수 있는 친구와 신뢰관계를 쌓는다.
◎	19	자신의 성공체험을 전하고, 사는 모습을 보여주며 인도한다.
◎	20	불특정 다수에게 전하는 일을 한다.

일단 가능할 만한 걸 전부 적어본 결과, 다음과 같이 임시 하고 싶은 일 리스트가 완성되었습니다.

· **자기이해 체계를 세워 전하는 사람**

좋아하는 것 : 자기이해

잘하는 것 : 지속적으로 새로운 것을 공부한다. 정보를 정리해 체계를 세워 설명한다. 불특정 다수에게 전하는 일을 한다.

· **자기이해를 공부해 다른 사람들을 가르치는 사람**

좋아하는 것 : 자기이해

잘하는 것 : 연습이 아닌 실전을 늘린다. 다른 사람에게 새로운 시도를 조언해 준다.

· **자기이해를 연구하는 사람**

좋아하는 것 : 자기이해

잘하는 것 : 지속적으로 새로운 것을 공부한다. 설레는 아이디어를 생각한다.

· **비전의 실현을 돕는 전략 컨설턴트**

좋아하는 것 : 자기이해

잘하는 것 : 납득할 수 있는 전략을 세우는 일에 시간을 쓴다. 자신과 타인의 강점을 알고 활용한다. 다른 사람에게 새로운 시도를 조언해 준다.

· **독립하고 싶은 사람을 위한 사업 컨설턴트**

좋아하는 것 : 자기이해

잘하는 것 : 납득할 수 있는 전략을 세우는 일에 시간을 쓴다. 자신과 타인의 강점을 알고 활용한다. 다른 사람에게 새로운 시도를 조언해 준다.

· **교육용 보드게임을 만드는 사람**

좋아하는 것 : 자기이해 / 보드게임

잘하는 것 : 새로운 사업을 시작한다. 정보를 정리해 체계를 세워 설명한다. 설레는 아이디어를 생각한다. 끝까지 만족하지 않고 양질을 추구한다.

· **교육용 보드게임 만드는 법을 가르치는 사람**

좋아하는 것 : 자기이해 / 보드게임

잘하는 것 : 자신과 타인의 강점을 알고 활용한다. 성공과 실패가 명확한 목표를 세운다. 설레는 아이디어를 생각한다.

· **교구를 직접 사용해 보고 비교, 소개하는 사람**

좋아하는 것 : 자기이해 / 보드게임

잘하는 것 : 정보를 정리해 체계를 세워 설명한다. 다른 사람에게 새로운 시도를 조언해 준다.

· 보드게임에 대한 정보를 전파한다.

좋아하는 것 : 자기이해 / 보드게임

잘하는 것 : 정보를 정리해 체계를 세워 설명한다. 불특정 다수에게 전하는 일을 한다.

· 스타일에 맞는 옷차림을 알려주는 패션 컨설턴트

좋아하는 것 : 패션, 자기이해

잘하는 것 : 자신과 타인의 강점을 알고 활용한다. 설레는 아이디어를 생각한다.

· 패션 디자이너

좋아하는 것 : 패션, 자기이해

잘하는 것 : 설레는 아이디어를 생각한다. 끝까지 만족하지 않고 양질을 추구한다.

· 프로 보드게이머

좋아하는 것 : 보드게임

잘하는 것 : 연습이 아닌 실전을 늘린다. 성공과 실패가 명확한 목표를 세운다.

이처럼, 조합하는 방식은 자유입니다. 처음부터 "난 이런 건 못해."라고 가능성 자체를 부인하지 말고 일단 적어보세요. 이렇게 좋아하는 것

야기 짐페이

하고 싶은 일

좋아하는 것 [열정] × 잘하는 것 [재능] = 좋아하는 것 [열정] ∩ 잘하는 것 [재능]

좋아하는 것 [열정]	잘하는 것 [재능]	하고 싶은 일
• 자기이해	• 지속적으로 새로운 것을 공부한다.	• 자기이해를 체계를 세워 전하는 사람
• 보드게임	• 정보를 정리해 체계를 세워 설명한다	• 자기이해를 공부해 다른 사람들을 가르치는 사람
• 패션	• 불특정 다수에게 전하는 일을 한다.	• 자기이해를 연구하는 사람
	• 연습이 아닌 실전을 늘린다.	• 비전의 실현을 돕는 전략 컨설턴트
	• 다른 사람에게 새로운 시도를 조언해 준다.	• 독립하고 싶은 사람을 위한 사업 컨설턴트
	• 납득할 수 있는 전략을 세우는 일에 시간을 쓴다.	• 교육용 보드게임을 만드는 사람
	• 자신과 타인의 강점을 알고 활용한다.	• 교육용 보드게임 만드는 법을 가르치는 사람
	• 새로운 사업을 시작한다.	• 교구를 직접 사용해 보고 비교, 소개하는 사람
	• 설레는 아이디어를 생각한다.	• 보드게임에 대한 정보를 전하는 사람
	• 끝까지 만족하지 않고 양질을 추구한다.	• 스타일에 맞는 옷차림을 알려주는 패션 컨설턴트
	• 성공과 실패가 명확한 목표를 세운다.	• 패션 디자이너
		• 프로 보드게이머

과 잘하는 것을 여러 개 조합해 보는 것도 도움이 됩니다.

혹시 조합상으로는 약간 애매해도 문득 생각나는 하고 싶은 일이 있으면, 그것도 하고 싶은 일 리스트에 넣어둡시다. 여기서는 질보다 양을 염두에 두고 하고 싶은 일을 적어보는 겁니다.

POINT

좋아하는 것×잘하는 것으로 하고 싶은 일의 가설을 세운다.

work STEP 2

일의 목적으로 하고 싶은 일을 압축한다

아무리 '하고 싶은 일'이 정해져도 직업으로 성립되지 않는 사람의 공통점은 '자신이 하고 싶은 일을 하는 데만 정신이 팔려 일의 목적을 생각하지 않는다.'라는 것입니다.

우리는 일을 통해 사람들에게 가치를 제공해 감사와 만족하는 마음을 갖게 했을 때 돈을 받을 수 있습니다. 어쩌면 '돈=감사'라고 생각해야 합니다. "이 집에 살게 해주셔서 마음이 놓여요! 감사합니다!"라는 의미로 월세를 내고, "전기를 만들어주셔서 정말 편리해요! 고마워요!"라는 마음으로 전기요금을 내고, "이렇게 맛있는 음식은 처음 먹었어요! 감동이에요! 고마워요!"라며 음식값을 내면서 우리는 매일을 살고 있습니다. 다시 말해, 일이란 감사와의 교환 수단입니다.

다른 사람에게 어떤 감사를 받고 싶습니까? 이것이 정해지지 않으면, 여러분의 일은 잘될 수 없습니다. 한마디로 하고 싶은 일로 돈을 못 버는 사람은 자신이 하고 싶은 일을 하는 데만 정신이 팔려서, 다른 사람에게 어떤 '감사의 말'을 듣고 싶은지 생각을 못 하고 있는 것입니다.

사람들은 여러분이 하고 싶은 일에 돈을 지불하지 않습니다. 하고 싶은 일을 한 결과로 제공되는 가치에 돈을 지불하는 겁니다.

예를 들어 옷을 만든다고 하면, 사람들은 '이 옷을 입고 자신감이 생긴 자신'을 사는 것일지도 모릅니다. 또 어떤 사람은 자기이해에 관한 지식을 사는 게 아니라, '일에 몰입한 자신'을 사는 것일 수 있습니다.

단순히 '하고 싶은 일을 한다.'라는 것은 자신만의 시점입니다. 하지만 일에는 반드시 반대편에 타인이 있습니다. 이렇게 사람들이 있기에 싫증 내지 않고 일할 수 있습니다. 나 자신도 자기이해를 공부하는 것은 물론 즐겁습니다. 하지만 "사람들의 고민을 해결하기 위한 배움을 얻자!"라고 생각했을 때, 동기부여는 나 혼자만을 위한 공부를 할 때보다 월등히 높아집니다.

일이 잘 안 풀리거나 싫증이 나는 것은 자신만을 생각하기 때문입니다. 요컨대 하고 싶은 일을 통해 거기에 관계된 사람들에게 가치를 제공할 수 있을 때, 직업적으로도 잘 풀리고 삶의 보람으로도 이어지는 진짜로 하고 싶은 일이 되는 것입니다.

여러분은 자신의 일에 관계된 사람들에게 어떤 말을 들으면 기쁜가요?

개인적으로 "당신 덕분에 망설임이 사라져 일에 몰입할 수 있게 되었습니다! 감사합니다!"라는 말을 듣기 위해 일하고 있습니다. 앞에서도 말했다시피 이것은 가치관과 연관되어 있습니다. 그리고 많은 하고 싶은 일 중에서 여러분이 진짜로 하고 싶은 일을 골라내기 위한 필터가 바로 이 '일의 목적'입니다.

앞서 말한 대로 지금의 일 말고 다른 하고 싶은 일도 있을 겁니다. 하지만 일의 목적인 '몰입하는 사람을 늘리기' 위해서는 '자기이해를 체

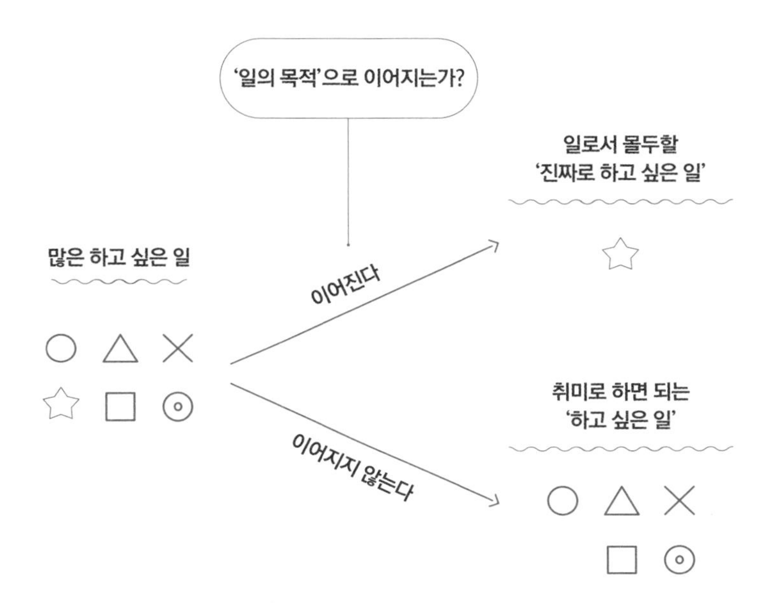

계를 세워 알리는 일’이 가장 적합하다고 느꼈기 때문에, 가장 먼저 자기이해를 알리기로 했습니다.

야기 짐페이

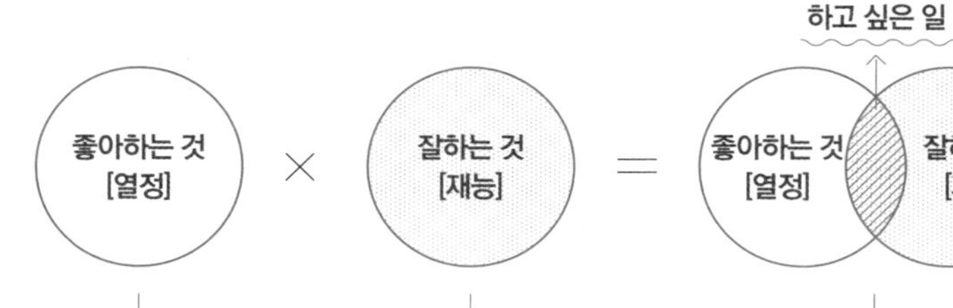

좋아하는 것 [열정]	잘하는 것 [재능]	하고 싶은 일
• 자기이해	• 지속적으로 새로운 것을 공부한다.	• 자기이해를 체계를 세워 전하는 사람
• 보드게임	• 정보를 정리해 체계를 세워 설명한다	• 자기이해를 공부해 다른 사람들을 가르치는 사람
• 패션	• 불특정 다수에게 전하는 일을 한다.	• 자기이해를 연구하는 사람
	• 연습이 아닌 실전을 늘린다.	• 비전의 실현을 돕는 전략 컨설턴트
	• 다른 사람에게 새로운 시도를 조언해 준다.	• 독립하고 싶은 사람을 위한 사업 컨설턴트
	• 납득할 수 있는 전략을 세우는 일에 시간을 쓴다.	• 교육용 보드게임을 만드는 사람
	• 자신과 타인의 강점을 알고 활용한다.	• 교육용 보드게임 만드는 법을 가르치는 사람
	• 새로운 사업을 시작한다.	• 교구를 직접 사용해 보고 비교, 소개하는 사람
	• 설레는 아이디어를 생각한다.	• 보드게임에 대한 정보를 전하는 사람
	• 끝까지 만족하지 않고 양질을 추구한다.	• 스타일에 맞는 옷차림을 알려주는 패션 컨설턴트
	• 성공과 실패가 명확한 목표를 세운다.	• 패션 디자이너
		• 프로 보드게이머

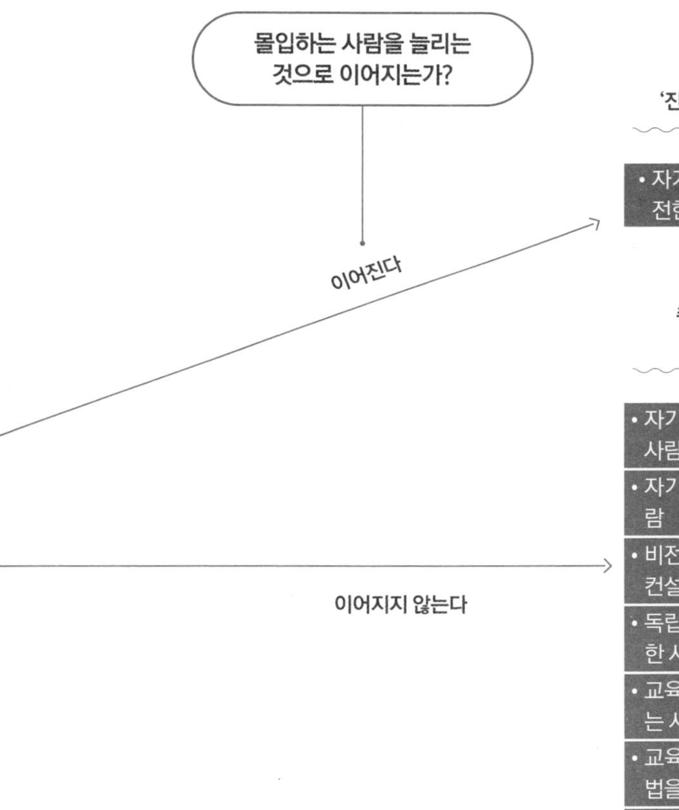

일로서 몰두할 '진짜로 하고 싶은 일'

- 자기이해를 체계를 세워 전한다.

취미로 하면 되는 '하고 싶은 일'

- 자기이해를 공부해 다른 사람들을 가르치는 사람
- 자기이해를 연구하는 사람
- 비전의 실현을 돕는 전략 컨설턴트
- 독립하고 싶은 사람을 위한 사업 컨설턴트
- 교육용 보드게임을 만드는 사람
- 교육용 보드게임 만드는 법을 가르치는 사람
- 교구를 직접 사용해 보고 비교, 소개하는 사람
- 보드게임에 대한 정보를 전파하는 사람
- 스타일에 맞는 옷차림을 알려주는 패션 컨설턴트
- 패션 디자이너
- 프로 보드게이머

결국, 사람은 자신의 욕구를 버리고 타인을 위해서만 살 수는 없습니다. 그러므로 먼저 최대한 자신의 욕구를 충족시켜야 합니다. 그렇게 자신이 충족되면 자연스럽게 주변 사람들에게도 눈길이 향하기 시작합니다. 이러한 과정을 통해 자신의 일처럼 생각할 수 있는 범위를 넓혀나가는 것이 바로 '성장'입니다. 제 자신도 현 시점에서는 세계정세 같은 것에 대해서는 전혀 생각하지 못합니다. 하지만 앞으로 더욱 성장해서 이러한 규모의 생각을 할 수 있도록 노력하고 싶습니다.

먼저 자신의 가치관을 충족시킨다. 다음으로 가족을 충족시킨다. 다음으로 친구를 충족시킨다. 다음으로 회사를 충족시킨다. 다음으로 업계를 충족시킨다. 다음으로 사회를 충족시킨다. 마지막으로 세계를 충족시킨다. 그런 식으로 넓혀나가는 것입니다.

여러분이 가진 가치관 중에 일을 통해 주변 사람, 지역, 사회, 세계로 넓혀나가고 싶은 가치관은 무엇입니까? 그것이 바로 여러분의 '일의 목적'이 됩니다. 일단 일의 목적이 분명해지면 진짜로 하고 싶은 일은 자연히 따라오게 됩니다.

CHAPTER 08

인생을 극적으로 바꾸는 자기이해의 마법

하고 싶은 일을 실현하는 수단을 찾는 법

지금까지 '하고 싶은 일을 어떻게 할지 그 수단은 생각하지 않아도 된다.'라고 말했습니다. 여러분이 진짜로 하고 싶은 일을 찾은 지금, 이제부터 해야 할 일은 '진짜로 하고 싶은 일을 실현하는 자신'과 '지금의 자신' 사이의 간극을 메우는 것입니다. 그 간극을 메우기 위한 실현수단을 찾아봅시다.

실은 하고 싶은 일을 찾으면, 자연스럽게 실현수단이 보이기 시작합니다. 혹시 '컬러 배스color bath 효과'를 아십니까? 컬러 배스 효과란, 자신이 의식하는 정보는 눈에 잘 들어오는 심리 현상을 말합니다. 예로, "주위에서 빨간색을 찾아보세요."라고 하면, 지금까지 몰랐던 빨간색

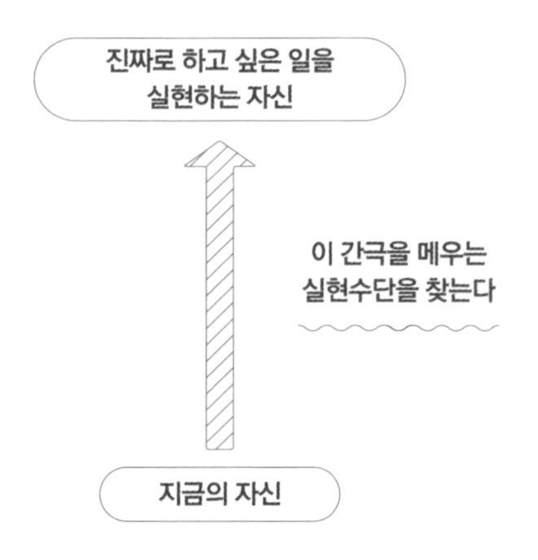

의 것들이 보이기 시작하는 것처럼 말입니다.

이 컬러 배스 효과는 하고 싶은 일의 실현수단에 대해서도 똑같이 적용할 수 있습니다. 먼저 하고 싶은 일을 정하면, 컬러 배스 효과가 작용하기 시작해, 하고 싶은 일의 실현에 필요한 정보가 모여들게 됩니다. 세상의 정보를 접할 때 "내가 하고 싶은 일에 도움이 되는 정보는 없을까?"라는 안테나가 생겨, 정보가 계속 모여들게 되는 것입니다.

나 자신도 '자기이해를 체계를 세우고 전해서 몰입하는 사람을 늘리자.'라고 정했을 때는, 막상 뭘 어떻게 해야 좋을지 전혀 모르는 상태였습니다. 하지만 늘 염두에 두고 매일 생활하고 있었습니다. 그러자 어느 날 읽고 있던 책에서 '강좌형 프로그램을 만드는 법을 강의하고 있습니다.'라는 문장이 눈에 들어온 것입니다. 바로 "이거다!"라고 생각하고 당장 그 책의 저자가 여는 세미나에 참가해 프로그램 만드는 법을 배우기 시작했습니다. 그리고 그 만남 이후로 채 1년이 안 되어 연간 200명 규모로 수강할 수 있는 프로그램을 만들게 되었습니다.

자전거 타는 법을 몰랐을 때는 이미 자전거를 탈 줄 아는 주변 사람들에게 배워 자전거를 탈 수 있게 되지 않았나요? 마찬가지로 하고 싶은 일을 실현하는 방법도 이미 할 줄 아는 사람에게 배우면 됩니다. 이것은 자기이해 프로그램을 마친 사람들에게서도 공통적으로 일어나는 현상입니다.

예를 들어 '숲에서 자신과 마주하고, 몸과 마음을 컨트롤할 수 있는 사람을 늘리는 일'을 하고 싶은 일로 꼽은 H씨의 경우도 그렇습니다. 조사해 보니 숲과 관련된 일을 하는 사람이 세상에는 무수히 많았고,

그것을 알게 되자 실현수단도 차츰 보이기 시작했습니다. 그리고 조사하는 동안 '삼림욕 프로그램을 제공하는 사람을 양성하는 강좌'를 만났습니다. 이 강좌를 발견했을 때 H씨는 "내가 찾던 게 바로 이거야! 이건 운명이야!"라고 생각하고 그 자리에서 수강을 결심했다고 합니다. 자신이 하고 싶은 일을 정하고 나면, 이런 운명적인 감각이 빈번하게 찾아옵니다.

아직은 진짜로 하고 싶은 일의 실현수단이 안 보인다 해도, 그건 단순히 모르고 있을 뿐입니다. 지금 당장 진짜로 하고 싶은 일이라는 안테나를 세우고 적극적으로 정보 수집을 시작해 보세요. 짧으면 일주일, 길어도 한 달이면 실현수단을 찾을 수 있습니다. 진짜로 하고 싶은 일은 나 자신 안에서 찾을 수밖에 없지만, 그 실현수단은 사회에 얼마든지 있습니다. 여기서부터는 사회 속에서 실현수단을 찾아 진짜로 하고 싶은 일을 직업으로 만들어가기 바랍니다.

POINT

하고 싶은 일을 정하면 실현수단은 저절로 찾을 수 있다.

다시는 실패하지 않는 **자기이해 기술 익히기**

개인적으로 '자기이해'는 마법 같은 것이라고 생각합니다. 자기이해의 방식을 몸에 익힘으로써 인생의 모든 경험을 '배움'으로 바꿀 수 있기 때문입니다. 실패도 후회도 전부 배움으로 바꿀 수 있는 것이 바로 자기이해라는 요술지팡이입니다.

편의점 알바를 잘린 실패경험은, 다른 사람의 지시대로 정해진 작업을 하는 게 나 자신에게는 고역이라는 사실을 배운 성공경험이 되었습니다. 회사를 차려 좋아하는 사람하고만 만나며 자유롭게 살 수 있게 된 것은 이 경험 덕분입니다. 또 히치하이킹을 100번이나 했지만 낯가리는 성격을 전혀 개선하지 못했던 실패경험은 '혼자 무언가에 몰두할 수 있다.'라는 장점으로 바뀌었습니다. 블로그에 꾸준히 글을 올리고 책을 출판할 수 있었던 것도 '혼자 무언가에 몰두할 수 있다.'라는 장점을 깨달은 덕분입니다. 그리고 돈 때문에 관심도 없는 포스팅을 계속하다가 우울증 상태가 되었던 경험을 통해 '좋아하는 것을 직업으로 삼아야 한다.'라는 확신이 생겼습니다. 자기이해를 직업으로 만들어가는 가운데 좌절하지 않고 계속할 수 있었던 것은 이 경험이 있었기 때문입니다.

반대로 실패나 후회 같은 과거의 부정적인 경험을 회피하는 사람은 인생이 늘 그대로입니다. 과거의 부정적인 경험을 그냥 덮어버리고 미래만을 바라본다면, 그 속에 숨어 있는 배움의 보물창고를 얻을 수 없습니다. 과거의 부정적인 경험은 성게와 같습니다. 시커멓고 가시가 있어 섣불리 건드리기도 무섭고 다칠 것 같아 꺼려지지요. 하지만 일단 껍질을 벗기고 나면, 그 안에는 진한 풍미의 속살이 가득합니다. 이 성게의 껍질을 열고 그 속에 있는 진미를 얻어내는 기술이 자기이해입니다.

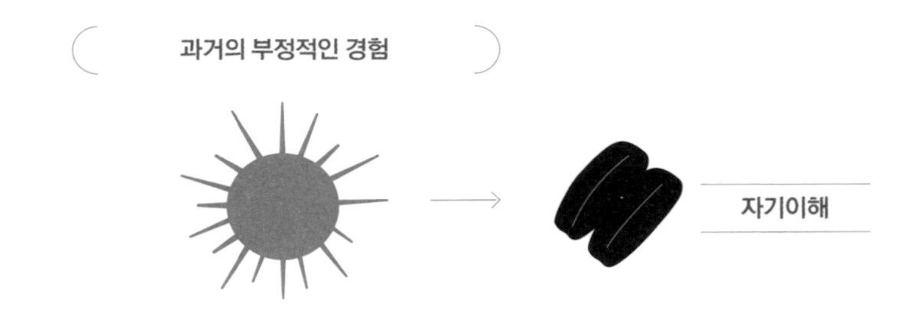

물론 실패한 당시에는 그 경험이 다 힘들고, 장래에 도움이 되리라고는 꿈에도 생각하지 못합니다. 지금 힘든 상황에 놓인 사람에게 "미래를 봐! 지금의 경험이 반드시 도움이 될 거야."라고 말하려는 게 아닙니다.

다만, 그 힘든 상황이 지나간 후 조금은 긍정적인 기분으로 다시 걸음을 내딛으려 할 때, 자기이해를 통해 괴로운 경험에서 무언가를 배울 수 있다면 인생은 확실하게 나아집니다. 그것은 과거의 실패에서 배움을 얻어 같은 실패를 되풀이하지 않게 되기 때문입니다. 자기이해를 통해 인생 경험이 몇 배의 속도로 쌓이게 되기 때문입니다. 그리고 어느새 과거의 자신은 상상도 하지 못한 충실한 시간을 보낼 수 있게 됩니다. 그때는 과거의 실패와 후회는 전부 지금의 자신을 만든 공부로 바뀌어 있을 것입니다.

POINT

실패와 후회는 자기이해를 통해 공부로 변한다.

성공이란 목표 달성이 아닌 **지금 이 순간 나답게 사는 것**

진정한 의미에서의 성공은 어떤 큰 목표를 달성하는 것이 아니라고 생각합니다. 그런 게 아니라, 자신답다고 느낄 수 있는 지금 이 순간을 사는 것이 바로 성공입니다.

돈을 많이 벌면 성공, 다른 사람에게 인정받으면 성공이라는 식으로 자신 외부의 기준에 얽매여 있지는 않습니까? 이 일을 해서 돈을 벌면 성공하고 행복해질 수 있다. 어쩌면 이것은 환상입니다.

저 자신도 돈을 좋아합니다. 어떻게 하면 회사의 매출이 늘어날지 고민하는 것도 즐겁습니다. 그것은 자신이 사회에 제공한 가치를 수치화해주는 것이 돈이기 때문입니다. 학생의 시험성적에 해당되는 것이 사회인에게는 수입이라고 생각합니다. 앞으로도 이 숫자를 계속 키워나가 긍정적인 영향을 점점 넓혀나가고 싶다고 강하게 느낍니다.

하지만 거기에는 '자신에게 거짓말하지 않는 방식'이라는 조건이 따릅니다. 대학을 졸업하고 '월 100만 엔을 벌자!'라는 목표를 세웠을 때, 나 자신에게 거짓말하고 돈을 번 적이 있었습니다. 다름 아닌 블로그의 문의 페이지에 올라온 '이 상품을 블로그에 소개해 주면 10만 엔을 드리겠습니다.'라는 제안이었습니다. 당시 월 100만 엔이라는 목표금액을 벌기 위해서라면 뭐든지 한다는 마음이었기 때문에 주저 없이 응했습니다. 하지만 그 상품에 대한 글을 쓰면서 마음에 꺼림칙한 느낌이 생겨난 것을 깨달았습니다. 그때는 그 꺼림칙한 느낌을 무시하고 글을 완성했습니다. 블로그에 올리자, 많은 이웃이 읽어주었습니다. 반응이 좋아 의뢰한 업체 쪽에서도 기뻐했습니다. 하지만 내 마음의 꺼림칙함은 사라지지 않았습니다. 그 원인은 명백했습니다. 진심으로 "추천하고 싶다!"라고 생각하고 쓴 글이 아니란 사실을 나 자신이 제일 잘 알고 있었기 때문입니다.

그때 깨달았습니다. 진정한 행복은 돈과 명예를 손에 넣는 게 아니란 것을 말입니다. 지금 이 순간 하는 일에 충실감을 느끼고 있다면 그것이 행복이고, 인생의 성공입니다. 돈을 아무리 많이 벌어도, 자신에게 거짓말해서 마음이 꺼림칙하다면 실패입니다.

그 경험을 계기로 블로그에 상품을 소개해 돈을 버는 '블로거'라는 직업을 버리기로 결심했습니다. 상품 구입 후에 책임도 못 지는 남의 상품을 소개하며 살 게 아니라, 자신이 정말로 추천하고 싶은 상품을 만들어 파는 삶으로 옮겨가기로 결심했습니다. 수입은 일시적으로 감소했지만, 자신에게 거짓말하며 사는 꺼림칙함에서 해방되어 스스로에게 당당한 삶을 손에 넣을 수 있었습니다.

물론 자신에게 거짓말하지 않고 일한 결과, 돈과 명예가 따라온다면 그것은 기쁜 일입니다. 하지만 동시에 그 결과는 보너스 같은 것이라고 생각합니다. 자신답게 살 수 있다면, 그 시점에서 성공입니다. 거기에 더해 결과까지 낸다면 대성공입니다. 그러므로 이 책에서는 자신답게 사는 방법과 자신다움을 지키며 결과를 내는 방법을 설명했습니다. 지금 이 순간 자신답게 살 수 있어 행복하다고 느끼고, 그것을 쌓아나간 끝에 결과가 나왔다면 기뻐하면 됩니다. 결과가 안 나와도 그것은 실패가 아닙니다.

목표를 달성하지 못해 실패라고 한다면, 많은 사람의 인생은 실패로 끝나버립니다. 올림픽에서 금메달을 딸 수 있는 건 각 종목당 한 명뿐입니다. 하지만 자신답게 사는 건 누구나 할 수 있습니다. 그리고 다른 사람과 경쟁할 필요도 없습니다.

결과를 내기까지 시간은 걸리지만, 자신에게 거짓말하지 않고 살겠다는 결심은 지금 이 순간 할 수 있습니다. 남들에게 인정받지 못해도, 돈을 많이 못 벌어도, 스스로에게 거짓 없는 삶을 살며 꺼림칙한 느낌에서 해방되었다면, 그것은 이미 '성공'입니다.

POINT

자신답게 살 수 있다면 성공.
거기에 더해 결과도 낼 수 있다면 대성공.

가능한 빨리, 하고 싶은 일 찾고 **몰입하는 자신 되기**

많은 사람이 '자기이해'가 중요하다는 것은 알겠으나 시간을 다투어 서둘러 해야 될 일이라고는 여기지 않기 때문에, 우선순위가 낮다고 생각합니다. 굳이 자기이해를 하지 않아도 죽지는 않으니까요.

하지만 진짜로 하고 싶은 일을 찾아 직업으로 삼고 싶다면, 자기이해는 최고의 수단입니다. 어디까지나 수단이며 목적은 자신의 인생에 몰입하는 것이 되어야 합니다.

저 자신은 자기이해 마니아라 자신과 마주할 때가 매우 즐겁지만, 대부분의 사람은 그렇지 않을 겁니다. 그래서 가장 즐거운 것은 자기이해를 끝낸 후의 인생이라는 것을 알려 드리고 싶습니다.

한마디로 진짜로 하고 싶은 일을 모르는 상태는, 골인 지점이 없는 마라톤을 뛰는 느낌일 거라고 생각합니다. 왜 마라톤을 하는지 모르기 때문에 동기부여 같은 것도 없을 겁니다.

그런데 자기이해를 하면 마치 인생이 게임처럼 느껴집니다. 일하고 싶어 아침에 눈이 저절로 떠지고, 밤에는 더 일하고 싶은 마음을 꾹 참고 잠자리에 들게 됩니다.

중학교 때 온라인 게임에 빠져 방과 후 시간과 용돈을 전부 쏟아부은 적이 있었는데, 지금이 바로 그때처럼 일에 몰입한 상태입니다. 과거 "가기 싫지만, 생활비를 벌기 위해 편의점 알바를 하러 가야지."라고 생각하던 시절의 자신으로서는 상상할 수도 없는 상태가 되었습니다.

우리 안에 있는 잠재력은 진짜로 하고 싶은 일을 정하고 몰입함으로써 드러납니다. 자기이해를 하면 도달하고 싶은 곳이 정해져서, 그 방향으로 에너지를 집중시킬 수 있게 되기 때문입니다. 주위 사람들이 복잡한 사회 속에서 길을 잃고 헤매는 동안, 거침없이 성장해 결과를 내며 점점 나은 인생을 살 수 있게 됩니다. 그러므로 마지막으로 전하고 싶은 말은 "얼른 자기이해를 통해 하고 싶은 일 찾기를 끝내십시오."라는 것입니다.

개인적으로, 하고 싶은 일 찾기를 시작한 뒤로 300만 엔의 돈과 2년 반의 시간을 투자해 비로소 "이게 진짜로 하고 싶은 일이다!"라고 느끼는 일의 방식을 손에 넣을 수 있었습니다.

하지만 여러분은 저처럼 돈과 시간을 들일 필요가 없습니다. 그동안 공부해온 것을 실천할 수 있도록 이 책에 방법을 정리해 전달하고 있기 때문입니다. 이 방식대로 하나씩 진행해 최대한 빨리 하고 싶은 일 찾기를 끝내기 바랍니다.

보다 많은 사람이 자기이해가 당연해지고 모두가 몰입해 사는 상태를 꿈꾸며 이 책을 썼습니다. 먼저 이 책을 끝까지 읽어주신 여러분부터 자기이해를 통해 몰입하는 삶을 실현해 주기 바랍니다. 그리고 그 몰입하는 삶을 주위에 알려나가기 바랍니다. 그렇게 하면 자기이해는 세계로 퍼져나가, 모든 사람이 몰입해 사는 세상이 실현되어갈 거라고 기대합니다.

이 책을 참고로 삼아, 여러분이 진짜로 하고 싶은 일에 몰입해 사는 나날을 보내길 진심으로 응원합니다.

POINT

하고 싶은 일 찾기를 끝내면, 최고의 인생이 시작된다.

How to find what you want to do.

마무리하는 말

하고 싶은 일 찾기에 도움이 되는
자기이해 실천 비주얼 플로차트

책 내용을 다 읽었지만, "그래도 내가 지금 뭘 해야 좋을지 모르겠다."라고 느끼는 사람도 있을 거라 생각합니다. 그래서 '진짜로 하고 싶은 일'을 찾기 위해 질문에 대답하는 형식을 띤 플로차트로 정리해 봤습니다. 여전히 무엇을 해야 좋을지 망설여질 때는 이 페이지를 활용하여 한 걸음씩 차근차근 나아가기 바랍니다. 그리고 자기이해를 위해 해야 할 일은 단 3가지뿐입니다. 이 3가지가 명확해지면, 그것들을 조합한 진짜로 하고 싶은 일과 그 실현수단은 저절로 보이기 시작합니다.

1. 소중한 것(가치관)을 찾는다.

2. 잘하는 것(재능)을 찾는다.

3. 좋아하는 것(열정)을 찾는다.

자기이해 실천 비주얼 플로차트

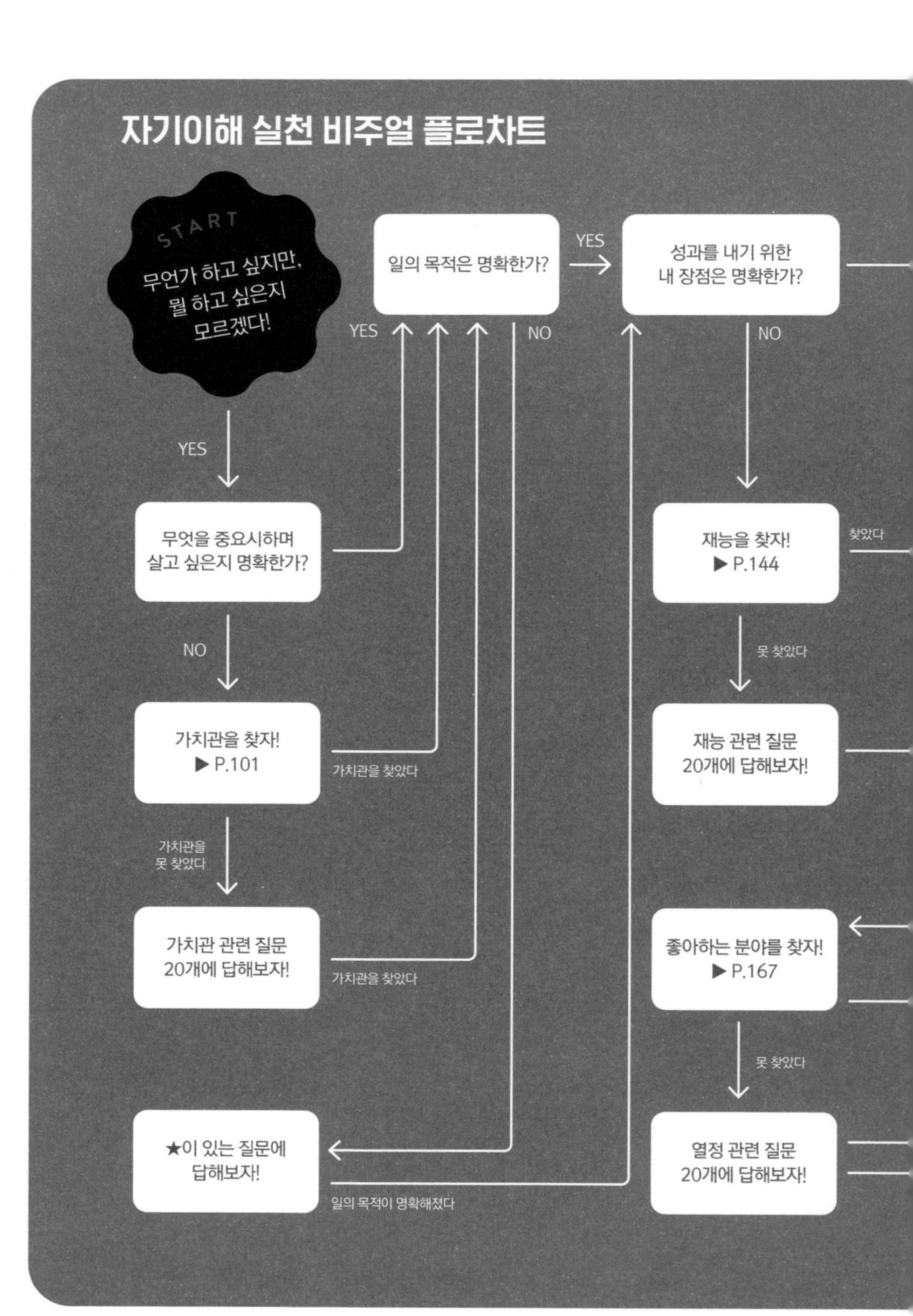

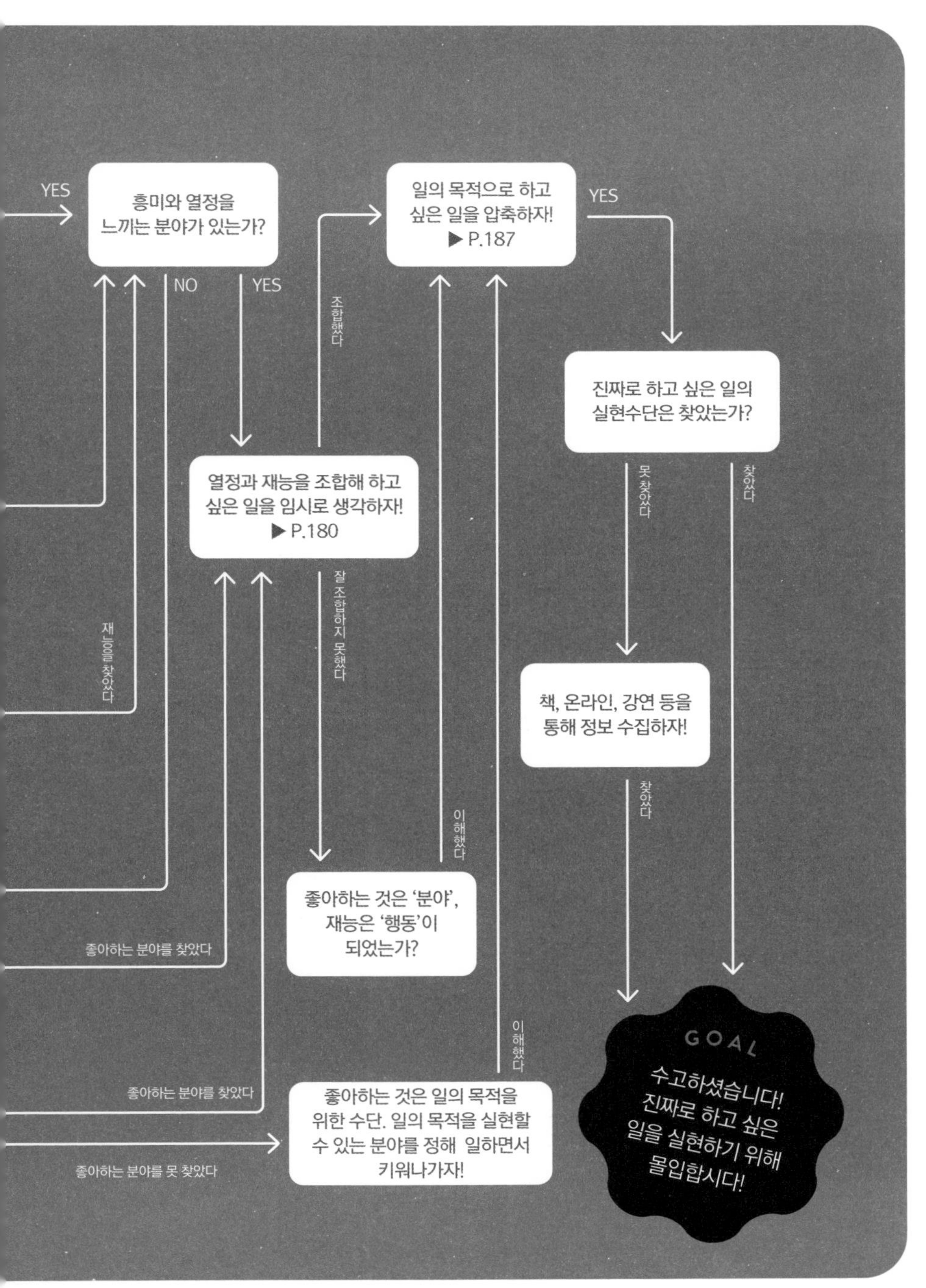
YES
흥미와 열정을
느끼는 분야가 있는가?
NO
YES
조합했다
일의 목적으로 하고
싶은 일을 압축하자!
▶ P.187
YES
진짜로 하고 싶은 일의
실현수단은 찾았는가?
못 찾았다
찾았다
열정과 재능을 조합해 하고
싶은 일을 임시로 생각하자!
▶ P.180
잘 조합하지 못했다
재능을 찾았다
책, 온라인, 강연 등을
통해 정보 수집하자!
찾았다
이해했다
좋아하는 것은 '분야',
재능은 '행동'이
되었는가?
좋아하는 분야를 찾았다
이해했다
GOAL
수고하셨습니다!
진짜로 하고 싶은
일을 실현하기 위해
몰입합시다!
좋아하는 분야를 찾았다
좋아하는 것은 일의 목적을
위한 수단. 일의 목적을 실현할
수 있는 분야를 정해 일하면서
키워나가자!
좋아하는 분야를 못 찾았다

감사와 응원을 전하며

이 책이 세상에 나오기까지 나라는 사람의 '하고 싶은 일'을 도와주신 분들께 감사를 전합니다.

출판사 KADOKAWA의 오가와 씨, 언제나 독자의 눈높이에서 조언해 주신 덕분에 '세상에서 가장 쉬운' 책이 완성되었습니다. 초기 원고가 마음에 안 들어 처음부터 다시 쓰기로 결심했을 때도 재촉하지 않고 조용히 지원해 주셔서 진심으로 감사합니다. 마음에 들 때까지 이 책을 다듬을 수 있었던 건 모두 오가와 씨 덕분입니다.

가장 가까이에서 나를 지켜봐 준 아내 마사미. 책을 완성하는 일밖에 머릿속에 없어서 언제나 책 이야기만 하는 나를 따뜻하게 지원해 줘서 진심으로 고맙다는 말 전하고 싶습니다. 아내를 만나기 전에는 매일 정크푸드만 먹었기 때문에 한 달에 한 번은 감기에 걸리곤 했습니다. 이 책을 집필하는 동안 한 번도 아프지 않고 책을 완성할 수 있었던 건 아내가 아침저녁으로 맛있는 밥을 차려준 덕분입니다. 아내 덕분에 이 책을 완성할 수 있었습니다.

또 보잘것없는 원고를 주의 깊게 읽어주시고 수정에 도움을 주신 분들께도 감사드립니다.

마지막으로 누구보다도, 인생의 귀한 시간을 내어 이 책을 읽어주신 여러분에게 감사를 바칩니다. '자기이해'를 활용해 인생이 좋은 방향으로 변화했다는 이야기를 듣게 된다면 더할 나위 없이 기쁠 것 같습니다. 감상이 있으면 SNS를 통해 꼭 들려주세요.

솔직히 이 책을 그저 읽기만 해서는 금세 평소의 생활로 다시 돌아갈 수 있다고 생각합니다. 그래서 이 책을 여기까지 읽어주신 분들을 위해 자기이해를 심화하기 위한 혜택을 마련해 봤습니다.

하단의 QR코드를 체크하시면 본 도서에는 수록되지 않은 [하고 싶은 일을 찾지 못했을 때 해야 할 일]에 대해 알 수 있습니다. 더불어 YouTube 채널 '야기 짐페이의 자기이해八木仁平の自己理解'를 활용하시면 더 많은 도움을 얻으실 수 있습니다. 여러분의 적극적인 활용을 기대하겠습니다.

여러분의 몰입해 사는 삶을 진심으로 응원합니다!
야기 짐페이

더하는 말

소중한 것(가치관)을 찾는 30가지 질문

1	나 자신에게 자극을 주는 사람이 있습니까? 그 사람의 어떤 점에 자극을 받습니까? 그것이 여러분의 가치관과 관계되어 있습니다.
2	지금의 자신에게 가장 큰 영향을 주는 사람은 누구입니까? 그 사람의 어떤 행동과 말이 영향을 주고 있습니까?
3	아버지의 삶의 어떤 부분을 좋아하고 어떤 부분을 싫어합니까? 자신의 현재 가치관은 아버지의 가치관을 반영하고 있습니까? 아니면 반면교사(反面教師)로 삼고 있습니까?
4	어머니의 삶의 어떤 부분을 좋아하고 어떤 부분을 싫어합니까? 자신의 현재 가치관은 어머니의 가치관을 반영하고 있습니까? 아니면 반면교사(反面教師)로 삼고 있습니까?
5	죽고 나서 주위 사람들에게 어떤 사람이었다는 말을 듣고 싶습니까? 여기서 자신의 어떤 가치관을 알 수 있습니까?
6	지금까지 읽은 책 중, 가장 좋아하는 책은 무엇입니까? 그 책의 어떤 점이 좋았나요? 여기서 자신의 어떤 가치관을 알 수 있습니까?
7	보통 어떤 일에 감동하나요? 가장 감동한 일은 무엇입니까? 여기서 자신의 어떤 가치관을 알 수 있습니까?
8	- 자신이 80살이라고 가정하고 ( ) 안을 채워보세요. 나는 ( )을 걱정하느라 너무 많은 시간을 써버렸다. 나는 ( )에는 거의 시간을 할애하지 않았다. 만약 시간을 되돌릴 수만 있다면 이제부터는 ( )에 시간을 쓰며 살고 싶다. 여기서 자신의 어떤 가치관을 알 수 있습니까?

9 | 직장이나 사생활에서 가장 존경하지 않는 사람은 누구입니까?
그 사람의 어떤 점을 존경할 수 없습니까?
그 사람의 반대편에 자신의 가치관이 있습니다.

10 | 태어났을 때부터 초등학교 때까지 가장 기뻤던 일은?
여기서 자신의 어떤 가치관을 알 수 있습니까?

11 | 지금까지 살면서 내린 큰 결단과 그때 중요하게 생각한 판단기준은?
여기서 자신의 어떤 가치관을 알 수 있습니까?

12 | 지금까지 살면서 다른 사람에게 가장 자랑할 수 있는 경험은?
사람은 가치관에 따라 행동했을 때 자긍심을 느낍니다.

13 | 가장 친한 혹은 친했던 친구는? 그 친구의 무엇이 좋습니까?
여기서 자신의 어떤 가치관을 알 수 있습니까?

14 | 지금까지 살면서 가장 노력했던 경험은?
자신의 동기부여의 원천이 된 가치관은 무엇입니까?

15 | 현재 좋아하는 브랜드는?
여기서 알 수 있는 자신의 가치관은?

16 | 자신이 흥미를 가지고 있는 것을 리스트로 만들어보세요.
여기에 공통적인 가치관은 있습니까?

17	지금까지 살면서 가장 용서할 수 없었던 일은? 여기서 자신의 어떤 가치관을 알 수 있습니까?
18	가장 큰 행복을 느낀 것은 어느 순간입니까? 여기서 자신의 어떤 가치관을 알 수 있습니까?
19	5년 후, 여기에 쓴 내용 중 실현되는 것이 있다면 어떤 것이 이뤄지기를 바랍니까? 여기서 자신의 어떤 가치관을 알 수 있습니까?
20	지금까지 살면서 내린 중대한 결단은? 그 결단을 위해 어떤 요소를 고려했습니까?
21	일이나 사생활에서 자신이 가장 자랑스럽게 생각하는 것은?
22	지금까지 살아온 인생을 돌아보고 대답해 주세요. 주변 사람들에게 어떤 영향을 미치고 싶습니까?
23	지금 시간을 의미 있게 잘 쓰고 있다고 생각합니까? 무언가가 부족하다고 한다면, 무엇이 문제입니까?
24	직장과 사생활에서 어떤 사람들을 가장 존경합니까? 그 사람들의 어떤 점을 존경합니까?

소중한 것(가치관)을 찾는 30가지 질문

25	주위 사람들을 위해 함께 나누고 싶은 것은 무엇입니까?	
26	지금까지 만남 중에 최고의 상사는 누구인가요? 그렇게 생각하는 것은 그 상사가 무엇을 했기 때문입니까? 여기서 자신의 어떤 가치관을 알 수 있습니까?	
27	지금까지 만남 중에 최악의 상사는 누구인가요? 그렇게 생각하는 것은 그 상사가 무엇을 했기 때문입니까? 여기서 자신의 어떤 가치관을 알 수 있습니까?	
28	지금은 있지만, 앞으로의 인생에 필요 없다고 느끼는 것은 무엇입니까? 여기서 자신의 어떤 가치관을 알 수 있습니까? (예 : 억지웃음, 술자리, 폭음폭식, 지나친 노력 등)	
29	화가 나거나 불만을 느끼는 건 주로 어떤 일에 대해서입니까? 화가 나는 것은 이상(理想)이 보이는데, 현실은 이에 못 미치는 데에서 불만이 생기기 때문입니다.	
30	"○○라면 좋을 텐데."라고 느끼는 것 10가지를 적어주세요. 자신, 타인, 조직, 사회에 대해서 어떤 관점이든 상관없습니다. 여기서 자신의 어떤 가치관을 알 수 있습니까?	

★표시는 가치관 중에서도 '일의 목적'을 생각하기 위한 질문입니다.

잘하는 것(재능)을 찾는 30가지 질문

1	어릴 때부터 잘했던 것, 옛날에는 잘했던 것은? 구체적인 일화를 초등학교 시절을 떠올리며 적어보세요. 여기서 알 수 있는, 자신이 잘하는 것은 무엇입니까?
2	의식하지 않고도 잘할 수 있는 것은 무엇입니까? 구체적으로 적어보세요.
3	지금까지 살면서 몰입했던 시간을 돌아봐 주세요. 몰입했던 시기에는 어떤 환경에 있었습니까?
4	지금까지 주위 사람에게 "고마워."라고 감사인사를 받은 일은? 구체적으로 적어보세요. 여기서 알 수 있는, 자신이 잘하는 것은 무엇입니까?
5	친한 사람에게 "내 약점이 뭐라고 생각해?"라고 물어봐 주세요. 약점의 반대편에 있는, 자신이 잘하는 것은 무엇입니까?
6	지금까지 살면서 겪은 가장 큰 좌절, 후회는 무엇입니까? 좌절, 후회라고 느끼는 건 힘을 쏟은 일이기 때문입니다. 여기서 알 수 있는 자신이 잘하는 것은 무엇입니까?
7	자신이 좋아하는 장소는 어디입니까? 좋아하는 장소는 곧잘 잘하는 것과 관련되어 있는 경우가 많습니다.
8	자신 없는 것은 무엇인가요? 그것을 뒤집어보면 어떤 잘하는 것이 있습니까?

9	지금의 자신에게 부족하다고 느끼는 것은 무엇입니까? 구체적으로 어떤 경우에 그렇게 느낍니까? 그것을 뒤집어보면 어떤 잘하는 것이 있습니까?
10	지금까지 살면서 자연스럽게 할 수 있었던 일, 하면서 전혀 힘들지 않고 즐겁게 한 일은 무엇입니까? 자연스럽게 할 수 있는 일이 자신이 잘하는 것입니다.
11	주변 사람을 보고 "이런 걸 왜 못 하지?"라고 생각한 것은 무엇입니까? 그렇게 생각하는 이유는, 그것은 자신이 당연하게 할 수 있는 잘하는 것이기 때문입니다.
12	지금까지 주위 사람들에게 들은 칭찬을 적어보세요. 그건 어떤 상황에서 받은 칭찬입니까? 여기서 알 수 있는 자신이 잘하는 것은 무엇일까요?
13	타인에게 어떤 성격이라는 평을 듣습니까? 어디에 소질이 있다는 말을 듣습니까? 여기서 알 수 있는 자신이 잘하는 것은 무엇일까요?
14	오랫동안 가져온 콤플렉스와 고민이 있다면? 구체적으로 어떤 경험에서 그런 고민이 생겼습니까? 콤플렉스의 반대편에 있는, 자신이 잘하는 것은 무엇입니까?
15	어떤 종류의 작업이라면 몰입할 수 있습니까? 구체적으로 적어보세요. 잘하는 것을 할 때 사람은 몰입할 수 있습니다
16	마음이 설레는 느낌이 드는 건 어떤 때입니까? 구체적으로 적어보세요. 잘하는 것을 할 때 사람은 설레는 느낌이 듭니다.

17	쉬는 날 무엇을 하면서 시간을 보내나요? 자연스럽게 하고 마는 것이 자신이 잘하는 것입니다.
18	부모님이나 선생님에게 자주 주의를 받은 일은 무엇입니까? 남들에게 주의를 받는 부분이 자신의 두드러진 포인트. 여기서 알 수 있는 자신이 잘하는 것은 무엇일까요?
19	절대로 하고 싶지 않은 일은 무엇입니까? 여기서 알 수 있는 자신 없는 것, 잘하는 것은 무엇일까요?
20	오랫동안 해도 힘들지 않는 것은 무엇입니까? 잘하는 것은 오랫동안 해도 힘들지 않습니다. (물론 끝없이 계속하면 힘듭니다.)
21	자신답다고 느끼는 것은 어떤 때입니까? 잘하는 것을 할 때는 자신다움을 느낍니다.
22	최근 행복을 느낀 하루는 어떤 하루였습니까? 잘하는 것을 할 때는 충실감을 느낍니다.
23	함께 있는 사람에게 '○○'라는 말을 듣는 일이 있습니까? 그것은 자신이 무의식적으로 다른 사람에게 주는 에너지입니다. 무의식적으로 나오는 것이 잘하는 것입니다.
24	별로 노력도 안 했는데 주위 사람에게 칭찬받은 일은?

잘하는 것(재능)을 찾는 30가지 질문

25	의식하지 않아도 자연스럽게 하는 일은 무엇입니까?
26	동기부여 그래프를 다시 봐주세요. 자신의 인생에서 무의식적으로 하고 있었던 일은 무엇입니까? 여기서 알 수 있는 자신이 잘하는 것은 무엇일까요?
27	다른 사람보다 빨리, 또는 잘할 수 있다고 생각하는 일은 무엇입니까? 여기서 알 수 있는 자신이 잘하는 것은 무엇일까요?
28	어떤 타입의 일을 할 때 자신이 가장 생산적이라고 느낍니까? 여기서 알 수 있는 자신이 잘하는 것은 무엇입니까?
29	하면 기분 좋은 일은 무엇입니까? 여기서 알 수 있는 자신이 잘하는 것은 무엇입니까?
30	자신이 싫증 내지 않고 해낸 프로젝트, 업무, 활동은 어떤 것입니까? 대단한 게 아니라도 좋으니 10가지를 적어보세요. ("평소엔 책을 안 읽지만, ○○책만은 다 읽었다." 등 구체적인 것도 OK)

좋아하는 것(열정)을 찾는 30가지 질문

1	직업, 돈에 구애받지 않았을 때 무엇을 하면 기분이 좋았습니까?
2	마음 설레는 화제나 가슴이 뜨거워지는 분야가 있습니까?
3	무엇을 할 때 행복을 느낍니까? 여기서 알 수 있는 자신이 좋아하는 분야는 무엇입니까?
4	만약에 돈 걱정 없이 어떤 직업이든 가질 수 있다면 어떤 직업을 선택하고 싶습니까? 할 수 있느냐, 없느냐의 판단은 일단 접어두고 적어보세요.
5	만약 주위 사람들에게 존경받을 수 있다면, 어떤 직업을 해보고 싶습니까?
6	지금까지 공부해온 것 중에 재미있었던 것은 무엇입니까? 여기서 알 수 있는 자신이 좋아하는 분야는 무엇입니까?
7	지금 무엇에 대해 배우거나 공부하고 있습니까? 여기서 알 수 있는 자신이 좋아하는 분야는 무엇입니까?
8	초등학교, 중학교 때 어른이 되면 하고 싶다고 생각한 일은 무엇입니까? 그 일에 매력을 느낀 이유는 무엇입니까? 여기서 알 수 있는 자신이 좋아하는 분야는 무엇인가요?

9	초등학교 때 푹 빠져서 했던 놀이는 무엇입니까? 누가 시키지 않아도 알아서 하는 것은 순수하게 좋아하는 것입니다.
10	지금 새롭게 해보고 싶은 것은 무엇입니까? 여기서 알 수 있는 자신이 좋아하는 분야는 무엇인가요?
11	지금까지 읽은 책 중에서 가장 좋아하는 책은 무엇입니까? 여기서 알 수 있는 자신이 좋아하는 분야는 무엇인가요?
12	지금까지 극복해온 고민, 또는 앞으로 해결하고 싶은 고민이나 콤플렉스는? 여기서 알 수 있는 자신의 관심 분야는 무엇입니까?
13	자신이 느끼는 지금 사회의 가장 큰 문제점은 무엇입니까? 여기서 알 수 있는 자신이 좋아하는 분야는 무엇인가요?
14	현재까지 어떤 것에 남보다 더 많은 돈을 써왔나요? 여기서 알 수 있는 자신이 좋아하는 분야는 무엇입니까?
15	가족이나 친구와 어떤 이야기를 하는 것을 좋아합니까? 여기서 알 수 있는 자신이 좋아하는 분야는 무엇입니까?
16	일주일의 휴가가 주어진다면 무엇을 하고 싶습니까? 최대한 구체적으로 적어보세요. 여기서 알 수 있는 자신이 좋아하는 분야는 무엇입니까?

17	일반적으로는 고가지만, 자신에게는 비싸지 않게 느껴지는 것은 무엇입니까? 여기서 알 수 있는 자신이 좋아하는 분야는 무엇입니까?
18	하고 싶지만 아직 안 한 일은 무엇입니까? 여기서 알 수 있는 자신이 좋아하는 분야는 무엇입니까?
19	취미는 무엇입니까? 초등학교 시절, 중고등학교 시절, 지금, 이렇게 세 시기로 나누어 적어보세요. 취미란 돈을 안 받아도 하는 일입니다. 잘하고 못하고는 관계없습니다. 여기서 알 수 있는 자신이 좋아하는 분야는 무엇입니까?
20	자주 검색하는 내용은 무엇입니까? 초등학교 시절, 중고등학교 시절, 지금, 이렇게 세 시기로 나누어 적어보세요. 여기서 알 수 있는 자신이 좋아하는 분야는 무엇입니까?
21	학창시절에 좋아했던 과목은? 여기서 알 수 있는 자신이 좋아하는 분야는 무엇입니까?
22	좋아하는, 혹은 좋아했던 TV프로그램은? 여기서 알 수 있는 자신이 좋아하는 분야는 무엇입니까?
23	"이걸 만난 덕분에 구원받았다!"라고 느끼는 물건, 장르, 사람이 있습니까?
24	가족과 친구 등 가까운 사람에게 "내가 어떤 분야에 흥미가 있는 것 같아?" 라고 물어봐 주세요.

좋아하는 것(열정)을 찾는 30가지 질문

25	"왜? 어떻게 하면?" 하고 의문을 느끼는 일은 무엇입니까? 여기서 알 수 있는 자신이 좋아하는 분야는 무엇입니까?
26	지금까지 살아온 과거를 돌아봐 주세요. 자신이 일관되게 흥미를 가지고 있는 테마는 무엇입니까?
27	자신의 '일의 목적'을 돌아봐 주세요. 그 가치관을 실현할 수 있을 것 같은 분야는 무엇입니까? 그 분야에 흥미가 있습니까?
28	자신이 전혀 즐겁지 않은 프로젝트나 업무, 활동은 어떤 것이었습니까? 여기서 알 수 있는 자신이 흥미 없는 분야는 무엇입니까?
29	제삼자가 된 기분으로 생각해 주세요. 평소 자신은 어떤 일에 흥미를 가지고 있습니까?
30	SNS에서 어떤 분야의 사람들을 팔로잉하고 있습니까? 지속적으로 정보를 모으는 분야 중에 자신이 강하게 흥미를 느끼는 분야가 있습니다.

소중한 것(가치관)의 예시 리스트 100

1	**발견**	새로운 사물, 사실을 찾아낸다.
2	**정확성**	자신의 의견과 신념을 바르게 전한다.
3	**달성**	무언가 중요한 것을 이룬다.
4	**모험**	새롭고 설레는 체험을 한다.
5	**매력**	신체적인 매력을 갖춘다.
6	**권력**	타인을 책임지고 지도한다.
7	**영향**	타인을 컨트롤한다.
8	**자율**	남에게 맡기지 않고 스스로 결정한다.
9	**미(美)**	주위의 아름다운 것을 느낀다.
10	**승리**	자신과 상대에게 이긴다.
11	**도전**	어려운 일이나 문제를 파고든다.
12	**변화**	변화무쌍하고 다채로운 인생을 산다.
13	**쾌적함**	스트레스를 최소화하는 인생을 산다.
14	**서약**	절대로 어길 수 없는 약속이나 맹세를 한다.
15	**배려**	다른 사람에게 호의를 갖고 돕는다.
16	**공헌**	세상에 도움이 되는 행동을 한다.
17	**도움**	다른 사람의 어려움을 돕는다.
18	**예의**	타인에게 성실하고 예의 바르게 대한다.
19	**창조**	새롭고 신선한 아이디어를 만든다.
20	**신뢰**	신용 있고 의지할 수 있는 사람이 된다.
21	**의무**	자신에게 주어진 의무를 다한다.
22	**조화**	주위 환경과 어우러져 산다.
23	**흥분**	스릴과 자극이 넘치는 인생을 산다.
24	**성실**	자신과 관계된 사람에게 거짓 없이 정성스럽게 대한다.
25	**명성**	세상에 이름을 알려서 존재를 인정받는다.

26	**가족**	사랑 가득한 행복한 가정을 이룬다.
27	**강인함**	건강한 신체를 유지한다.
28	**유연성**	새로운 환경에 잘 적응한다.
29	**용서**	타인을 용서하면서 산다.
30	**우정**	친밀하고 서로 도울 수 있는 친구를 사귄다.
31	**즐거움**	인생을 즐기며 살아간다.
32	**인심**	자신의 것을 타인과 공유할 줄 안다.
33	**신념**	자신이 옳다고 생각하는 대로 행동한다.
34	**종교**	자신을 뛰어넘는 존재의 뜻을 생각한다.
35	**성장**	좋은 방향으로의 변화와 성장을 유지한다.
36	**건강**	튼튼한 육체와 정신으로 산다.
37	**협력**	다른 사람과 힘을 모아 무언가를 한다.
38	**정직**	거짓말하지 않고 바르게 산다.
39	**희망**	미래에 좋은 바람을 품고 산다.
40	**겸손**	타인과 삶에 대해 겸허한 태도로 산다.
41	**유머**	인생과 세상의 유머러스한 측면을 본다.
42	**독립**	남에게 의존하지 않고 홀로서기를 한다.
43	**근면**	자신의 일에 최선을 다한다.
44	**평온**	내면의 평화를 유지한다.
45	**친밀**	소수의 사람과 밀접한 관계를 구축한다.
46	**공평**	모든 사람에게 공평하게 대한다.
47	**지식**	가치 있는 지식을 배운다, 또는 생산한다.
48	**여가**	자신의 시간을 편안하게 즐긴다.
49	**사랑**	친한 사람에게 아낌을 받는다.
50	**애모**	누군가를 사랑하고 그리워한다.

51	**숙달**	평소에 하는 일, 작업에 능숙해진다.
52	**현재**	지금 이 순간에 집중해 산다.
53	**절제**	과잉을 피하고 적정선을 찾는다.
54	**한 명에게 전력**	서로 사랑하는 유일한 상대를 찾는다.
55	**반항**	권위와 규율에 의문을 품고 도전한다.
56	**돌봄**	남을 잘 돌보고 키운다.
57	**오픈 마인드**	새로운 체험, 발상, 선택지를 수용할 줄 안다.
58	**질서**	정돈되고 질서 있는 인생을 산다.
59	**열정**	어떤 활동에 뜨거운 감정을 품는다.
60	**기쁨**	삶에 대해 좋은 기분으로 살아간다.
61	**인기**	많은 사람에게 관심을 받는다.
62	**목적**	인생의 의미의 방향성을 정한다.
63	**합리**	이성과 논리에 따른다.
64	**현실**	현실적, 실천적으로 행동한다.
65	**책임**	의무감을 가지고 행동한다.
66	**위험**	리스크를 무릅쓰고 기회를 손에 넣는다.
67	**로맨스**	열정적으로 불타오르는 사랑을 한다.
68	**안심**	정신적으로 안도감을 얻는다.
69	**수용**	있는 그대로의 자신과 타인을 받아들인다.
70	**자제**	자신의 행동을 스스로 억제한다.
71	**자존심**	자신에 대해 긍정적인 생각을 갖는다.
72	**자기인식**	자신이 어떤 사람인지 이해를 한다.
73	**헌신**	누군가에게 봉사하며 산다.
74	**성애**	사랑하는 사람과 건강한 성생활을 한다.
75	**미니멀**	필요 최소한의 것을 추구하는 생활을 한다.

76	**고독**	타인과 떨어져 혼자 있는 시간과 공간을 갖는다.
77	**정신력**	정신적으로 성장하고 성숙해진다.
78	**안정**	언제나 일정하고 온화한 인생을 산다.
79	**관용**	자신과 다른 존재를 존중하고 받아들인다.
80	**전통**	과거부터 이어져온 패턴을 존중한다.
81	**미덕**	도덕적으로 올바른 생활을 한다.
82	**유복**	부에 대한 올바른 인식을 갖고 이를 추구한다.
83	**평화**	자신이 속한 사회와 세계 평온을 위해 행동한다.
84	**발휘**	자신의 능력을 120% 펼치며 산다.
85	**진리**	참된 이치, 철학을 바탕으로 판단하고 행동한다.
86	**기품**	늠름하고 품격 있는 존재가 되도록 노력한다.
87	**온전함**	잘난 체하지 않고 있는 그대로의 자신으로 산다.
88	**열중**	눈앞의 일에 깊이 집중한다.
89	**노력**	어떤 목적을 위해 최선을 다해 힘쓴다.
90	**납득**	깊이 생각해 결단을 내린다.
91	**자유**	아무것에도 얽매이지 않고 뜻대로 산다.
92	**표현**	세상을 향해 자신을 나타낸다.
93	**원니스(oneness)**	자신보다 큰 세계와의 연결을 느낀다.
94	**모색**	더 좋은 방식을 항상 찾는다.
95	**프로페셔널**	결과에 타협하지 않는 전문성을 가지고 몰두한다.
96	**느낌**	눈앞에 있는 것을 충분히 만끽한다.
97	**여유**	시간과 물질이 넉넉한 생활을 만들어낸다.
98	**극복**	난관을 이겨내고 성장한다.
99	**동료**	같은 목적을 향해 가는 사람과 함께한다.
100	**심플**	간소하고 홀가분한 생활을 한다.

잘하는 것(재능)의 예시 리스트 100

	장점 사용법	재능	단점 사용법
1	방식을 유연하게 변경해 효율적으로 진행한다.	더 효율적인 방법으로 실행한다.	변화가 없으면 싫증을 느낀다.
2	대규모 이벤트를 운영할 수 있다.	여러 파트를 총괄하는 지휘자.	루틴 워크를 싫어한다.
3	인재의 배치가 뛰어나다.	생산성 높은 조합을 만든다.	주위 사람이 혼란스럽다.
4	부족한 스킬과 지식을 보완할 수 있다.	개선한다.	바꿀 수 없는 성격을 바꾸려다 피폐해진다.
5	문제의 구체적인 원인을 찾아 해결한다.	문제를 해결한다.	해결할 문제가 없으면 어찌할 바를 모른다.
6	문제를 외면하지 않는다.	문제를 찾아낸다.	지나치게 부정적이 된다.
7	시스템화해서 생산성을 높인다.	질서를 세운다.	갑작스러운 변경에 대응하지 못한다.
8	필요한 것을 습관화한다.	담담하게 일을 진행한다.	변화를 싫어한다.
9	계획에 따라 일을 확실하게 진행한다.	계획을 세운다.	계획이 틀어지면 짜증이 난다.
10	공평한 느낌을 줄 수 있다.	사람을 평등하게 대한다.	편파적인 것을 용납 못 한다.
11	규칙에 따라 정확하게 일을 행한다.	규칙을 지킨다.	규칙이 정해져 있지 않으면 혼란스럽다.
12	모두가 납득할 수 있는 규칙을 만든다.	평등한 규칙을 만든다.	예외를 용납하지 않는다.

	장점 사용법	재능	단점 사용법
13	꼼꼼하게 검토하고 리스크 없는 결단을 내릴 수 있다.	조심스럽게 행동한다.	판단기준이 없으면 계속 고민만 한다.
14	실수하지 않는다.	신중하게 계획을 세운다.	일하는 속도가 느리다.
15	다른 사람의 이야기를 끌어낸다.	자신에 대해 털어놓지 않는다.	자신에 대해 이야기하기까지 시간이 걸린다.
16	세상과 다른 사람을 위해 행동할 수 있다.	윤리관이 강하다.	납득할 수 없는 업무에 동기부여가 생기지 않는다.
17	조직의 방향성이 흔들릴 때 본래의 길로 궤도를 수정한다.	일관성 있다.	자신의 의견이 완고해진다.
18	돈에 움직이지 않으며 타인에게 신용을 준다.	헌신적으로 활동한다.	자신을 희생하고 만다.
19	주위 사람에게 신뢰받는다.	책임감이 있다.	남의 부탁을 거절하지 못한다.
20	자신의 역할을 끝까지 완수한다.	역할을 중시한다.	역할이 불명확하면 뭘 해야 좋을지 모른다.
21	타인과의 약속을 반드시 지킨다.	약속을 지킨다.	주위 사람에게 엄격하다.
22	일을 지체 없이 끝낸다.	가급적 많은 일을 한다.	해온 것을 돌아보지 못하고 항상 쫓긴다.
23	시간을 낭비하지 않는다.	가능한 한 생산적이고자 한다.	워커홀릭 상태가 된다.
24	팀을 활성화할 수 있다.	활력이 있다.	주위에 자신과 같은 생산성을 요구해 피곤하게 만든다.

	장점 사용법	재능	단점 사용법
25	우선순위를 명확히 하고 몰두한다.	목표를 위해 도움이 되는 것만 한다.	목표 달성을 위해 도움이 안 되는 것(인간관계, 다른 즐거움 등)을 낭비로 여기고 버린다.
26	목표를 향해 일직선으로 나아간다.	목표를 달성한다.	목표가 안 정해지면 동기부여가 생기지 않는다.
27	길에서 벗어난 사람을 바로잡는다.	목표로 이어지는 길이 보인다.	목표 이외의 다른 발견을 놓치고 만다.
28	행동을 통해 배운다.	행동력이 있다.	생각하기 전에 행동해버린다.
29	새로운 일을 거침없이 시작한다.	새로운 일을 시작한다.	안 해도 되는 실패를 한다.
30	주위 사람을 끌어들여 행동을 일으킨다.	다른 사람을 독려한다.	빠른 속도에 주위 사람들이 피폐해진다.
31	라이벌이 있으면 불타오른다	어떤 일에 있어 이기려고 한다.	못 이길 것 같으면 포기한다.
32	숫자처럼 눈에 보이는 성과가 나온다.	명확한 기준으로 평가받고 싶다.	숫자에 집착해 목적을 놓친다.
33	이겨서 최고가 되겠다고 마음먹으면 끝까지 노력한다.	최고가 되고 싶다.	이기는 데만 집착해 목적을 놓친다.
34	비유 등을 사용해 이야기에 사람을 끌어들인다.	말을 잘한다.	내실이 없으면 경박한 인상을 준다.
35	말로 사람을 움직일 수 있다.	말의 힘을 가지고 있다.	이야기를 과장해버린다.
36	타인을 분발하게 만드는 데 능하다.	전하는 힘이 있다.	사람을 컨트롤하려고 든다.
37	세부까지 충분히 연마한다.	현재 상태에 만족하지 않는다.	세세한 부분이 마음에 걸려 앞으로 나아가지 못한다.

	장점 사용법	재능	단점 사용법
38	이상을 정하고 노력한다.	높은 이상(理想)을 지향한다.	이상과 괴리가 크면 자신감을 잃는다.
39	강점을 사용해 큰 성과를 낸다.	강점을 발휘하고 싶다.	흥미 없는 일, 자신 없는 일은 일절 하지 않는다.
40	자신을 인정받을 수 있는 환경에서 힘을 발휘한다.	중요한 존재이고 싶다.	중요하게 대접받지 못하면 동기부여가 떨어진다.
41	감사받기 위해 힘을 발휘한다.	감사받고 싶다.	인정받지 못한다고 느끼면 동기부여가 떨어진다.
42	주목받는 곳에서 힘을 발휘한다.	주목받고 싶다.	자신이 인정받는 게 최우선이기 때문에 공동작업이 어렵다.
43	하나의 팀을 이끈다.	자신감을 가지고 책임을 진다.	다른 사람에게 의지하지 못한다.
44	도전 정신을 가지고 임한다.	자신의 가능성을 믿는다.	독선적인 인상을 준다.
45	자발적으로 행동한다.	스스로 길을 결정한다.	다른 사람의 의견을 듣지 않는다.
46	새로운 사람과 알게 된다.	사람들에게 호감을 얻는다.	미움받는 것을 두려워한다.
47	사람과 사람이 연결되는 것을 돕는다.	사람을 연결한다.	깊은 교제를 중시하는 사람이 보기엔 표면적이고 얕게 느껴진다.
48	넓은 인적 네트워크를 만든다.	인맥이 넓다.	남의 부탁을 거절하지 못한다.
49	다른 사람을 잘 컨트롤한다.	의견을 강하게 주장한다.	고압적인 인상을 준다.
50	지시에 능하고 사태를 잘 지휘한다.	주도권을 쥔다.	남에게 지시받는 것을 싫어한다.

	장점 사용법	재능	단점 사용법
51	리더십이 있다.	목표를 제시해 주위를 끌어들인다.	쓸데없는 대립을 일으킨다.
52	당연한 일에 감사할 수 있다.	관련성을 직감적으로 찾아낸다.	연결성을 다른 사람에게 잘 설명하기 어렵다.
53	안정감을 준다.	여유가 있다.	의욕에 불타는 것처럼 보이지 않아, 주위에서 의욕이 없는 것으로 오해할 가능성이 있다.
54	자신보다 큰 존재의 일부로 있을 때 힘을 발휘한다.	세상과 연결성을 느낀다.	독특한 정신세계를 가진, 현실과 동떨어진 사람으로 여겨진다.
55	이야기를 잘 들어준다.	타인의 감정을 이끌어낸다.	부정적인 감정에 끌려들어간다.
56	공감력이 높다.	타인의 감정을 잘 헤아린다.	주위 사람들도 자신처럼 남의 아픔을 안다고 생각하고 '알아주길 바랐는데.'라고 느낀다.
57	잘 도와준다.	타인의 관점에서 생각한다.	속마음을 말하기 힘들다.
58	한 명, 한 명에게 맞는 적재적소를 실현할 수 있다.	타인의 장점을 간파한다.	개인을 지나치게 중요시한 나머지 그룹 전체를 희생시킨다.
59	다양성을 중시한다.	타인의 개성을 간파한다.	일반화된 규칙을 싫어한다.
60	한 명, 한 명에게 맞춰 세심하게 대응할 수 있다.	사람을 관찰한다.	한 명, 한 명에게 맞는 맞춤형 대응을 하느라 시간이 모자라게 된다.
61	일대일로 깊은 관계를 맺고, 직장 동료도 가족처럼 소중히 여긴다.	친밀한 관계를 좋아한다.	친한 사람에 대한 편애가 있다.
62	친한 사람과 일할 때 힘이 솟는다.	동료의식이 강하다.	형식적인 분위기의 직장에서는 제대로 일하기 힘들다.
63	성실함으로 신뢰받는다.	다른 사람과 공들여 관계를 구축한다.	일대일로 시간을 들여 관계성을 구축할 필요성이 있다.

	장점 사용법	재능	단점 사용법
64	끈기 있게 다른 사람을 응원할 수 있다.	사람의 가능성을 믿는다.	적성이 안 맞는 데서 노력하게 만들어버린다.
65	작은 성장을 간파하고 말해줄 수 있다.	다른 사람의 성장을 지켜보고 말해준다.	자신에 대해 소홀해진다.
66	할 수 있는 일에 눈을 돌리게 만든다.	다른 사람의 성장을 응원한다.	오지랖이 넓어진다.
67	갈등 조정과 중재에 뛰어나다.	합의점을 찾아 앞으로 나아간다.	상대와 생각이 달라도 풍파를 피하기 위해 개인적인 의견을 희생한다.
68	대화에 의한 의사결정 능력이 뛰어나다.	대립을 피한다.	의견이 없는 것처럼 보인다.
69	일을 현실적으로 진행한다.	현실적인 감각이 뛰어나다.	아이디어를 내는 데 약하다.
70	조직에 적응한다.	환경에 적응한다.	다른 사람의 요구에 휘둘린다.
71	돌발적인 문제 대처능력이 뛰어나다.	유연성이 있다.	예측 가능한 일, 똑같은 일이 계속되면 싫증을 낸다.
72	상황에 유연하게 맞춘다.	지금 이 순간을 소중히 여긴다.	계획을 잘 세우지 못하고 그날그날 일어나는 일에 휩쓸려버린다.
73	어떤 사람이든 역할과 자리를 마련해줘서 팀워크를 다진다.	그룹의 경계를 넓힌다.	소외되는 것을 싫어한다.
74	그룹을 연결하는 허브가 된다.	관용적인 태도를 보인다.	쓴소리를 잘 못한다.
75	그룹에 일체감을 준다.	포용력이 있다.	차별적인 사람과 충돌한다.
76	언제나 생기가 넘친다.	사고가 긍정적이다.	치밀한 업무에 약하다.

	장점 사용법	재능	단점 사용법
77	다른 사람을 의욕적으로 만드는 데 뛰어나다.	다른 사람에게 힘을 북돋아준다.	만사를 깊이 생각하지 않는 사람처럼 보인다.
78	상심할 때도 있지만 하룻밤 자고 나면 괜찮아진다.	좋은 일에 주목한다.	싫은 일이나 문제점을 외면한다.
79	새로운 스킬을 계속해서 배워나간다.	새로운 것을 몸에 익힌다.	아웃풋을 의식하지 않으면 배우기만 하다 끝나버린다.
80	최첨단 지식을 익힌다.	최신 것을 배운다.	웬만큼 알고 나면 싫증이 난다.
81	다른 사람을 더 좋은 미래로 이끈다.	언제나 희망을 품고 있다.	설명이 부족해 상대방에게 전해지지 않는다.
82	과거의 성공 패턴을 재현한다.	과거를 돌아본다.	과거에 얽매인다.
83	목적을 잃지 않는다.	원점을 돌아본다.	정보 부족으로 원점을 알지 못하면 움직이지 못한다.
84	리서치에 뛰어나다.	정보를 모은다.	아웃풋을 의식하지 않으면 인풋만 계속한다.
85	넓은 분야의 지식을 갖는다.	호기심의 범위가 넓다.	전문분야가 없으면 얕은 지식이 된다.
86	상대가 필요로 할 때 재빨리 정보를 제공한다.	모은 정보가 도움이 되게끔 한다.	정리가 안 된 경우, 활용하지 못하고 썩히게 된다.
87	체계를 세워 다른 사람에게 전한다.	구조화해서 생각한다.	생각만 하고 움직이지 않는다.
88	모든 가능성을 검토해, 일을 진행하기 위한 최선의 루트를 찾는다.	최선의 길을 찾아낸다.	직감적으로 알기 때문에, 주위 사람도 그럴 거라 여기고 정보 공유를 게을리한다.

	장점 사용법	재능	단점 사용법
89	방법이 많이 떠오르기 때문에, 성과가 나올 때까지 끈질기게 가능성을 포기하지 않는다.	여러 개의 길을 찾아낸다.	평소와 같은 방식으로 일을 진행하기 싫어한다.
90	아이디어를 잘 낸다.	추상적으로 사고한다.	이야기가 비약해 '무슨 말인지 잘 모르겠다.'라는 반응이 돌아온다.
91	창의력이 뛰어나다, 크리에이티브한 사고력이 있다.	관계없는 사상(事象)에서 공통점을 찾아낸다.	비현실적인 생각을 많이 한다.
92	새로운 것을 좋아한다.	호기심이 강하다.	싫증을 잘 낸다.
93	사물을 다양한 각도에서 깊이 생각해 본질적인 답을 낸다.	생각하기를 좋아한다.	생각에 시간을 빼앗겨 속도가 떨어진다.
94	타인에게도 질문을 던져 깊이 생각하게 만든다.	자신과 타인에게 질문을 던진다.	생각하는 동안은 주변에 의식이 미치지 않아 무관심해 보인다.
95	알기 쉽게 정리해 설명한다.	곰곰이 생각한다.	생각이 정리되지 않으면 설명을 잘 못한다.
96	정보 분석에 뛰어나다.	있는 그대로의 사실을 좋아한다.	분석하느라 행동을 못 하게 된다.
97	감정적인 문제에도 냉정하고 공평하게 대응할 수 있다.	객관적인 태도를 취한다.	감정을 무시해버린다.
98	문제를 논리적으로 판단할 수 있다.	논리적인 생각을 잘 한다.	'왜?'라는 질문이 의심 많고 냉정한 인상을 준다.
99	미래에서 역산해 행동한다.	미래를 상상한다.	실현 가능성을 무시한다.
100	비전을 말해 팀의 동기부여를 높인다.	비전을 통해 에너지를 얻는다.	실행이 따르지 않으면, 망상가처럼 보여 무시당한다.

좋아하는 것(열정)의 예시 리스트 100

1	동물	26	만화
2	꽃	27	스포츠
3	농업	28	격투기
4	임업	29	트레이닝
5	우주	30	아웃도어
6	자연환경	31	여행
7	로봇	32	관광
8	IT	33	테마파크
9	컴퓨터	34	호텔
10	예술	35	웨딩준비
11	사진	36	장례식
12	상품디자인	37	자동차
13	그래픽디자인	38	비행기
14	음악	39	오토바이
15	노래	40	항해
16	악기	41	철도
17	이벤트	42	패션
18	무대	43	미용
19	영화	44	휴식
20	TV	45	요리
21	책	46	과자
22	잡지	47	영양
23	신문	48	술
24	게임	49	건축
25	애니메이션	50	토목

51	인테리어
52	의료기술
53	재활치료
54	약
55	복지
56	학교교육
57	보육
58	정치
59	법률
60	어학
61	국제
62	금융
63	비즈니스
64	커리어(취직·이직)
65	경영
66	부동산
67	성(性)
68	전자제품
69	문방구
70	심리
71	엔터테인먼트
72	레저
73	광고
74	마케팅
75	화학

76	장난감
77	식품
78	전기
79	동영상
80	경제
81	철학
82	가정
83	담배
84	컨설팅
85	운수·수송
86	종교
87	연예
88	사무
89	보안
90	간병
91	의료치료
92	의료 서포트
93	연애
94	결혼
95	생활
96	음식
97	행정
98	서비스
99	물류
100	영업·판매

참고문헌

Essential 사고(『エッセンシャル思考』グレッグ・マキューン著　かんき出版)

Motivation 3.0(『モチベーション3.0』ダニエル・ピンク著　講談社)

Search inside yourself(『サーチ・インサイド・ユアセルフ』チャディー・メン・タン著　英治出版)

insight(『insight』ターシャ・ユーリック著　英治出版)

과학적인 천직(『科学的な適職』鈴木 祐著　クロスメディア・パブリッシング)

최고의 상태(『最高の体調』鈴木 祐著　クロスメディア・パブリッシング)

RIZAP는 어떻게 성과를 내는가

(『ライザップはなぜ、結果にコミットできるのか』上阪 徹著　あき出版)

긍정적인 심리학 입문(『ポジティブ心理学入門』クリストファー・ピーターソン著　春秋社)

자신 미래 편집(『自分未来編集』鵜川洋明著　ミラク出版)

손으로 쓴다는 것이 지성을 이끌어낸다

(『「手で書くこと」が知性を引き出す』吉田典生著　文響社)

The vision(『ザ・ビジョン』ケン・ブランチャード著　ダイヤモンド社)

MINDSET '하면 할 수 있다!' 연구

(『MINDSET「やればできる!」の研究』キャロル・S・ドゥエック著　草思社)

직장에 목메지 마라(『仕事なんか生きがいにするな』泉谷閑示著　幻冬舎)

보통이 좋다는 병(『「普通がいい」という病』泉谷閑示著　講談社)

Self awareness(『セルフ・アウェアネス』ハーバード・ビジネス・レビュー編集部編　ダイヤモンド社)

이제, 재능에 눈뜨자(『さあ、才能に目覚めよう』トム・ラス著　日本経済新聞出版社)

플레인 프로그래밍(『ブレイン・プログラミング』アラン・ピーズ著　サンマーク出版)

인생 목적론(『人生の目的論』 Utsuさん著　Kindle版)

자신의 가치를 최고로 만드는 하버드 심리학 강의

(『自分の価値を最大にするハーバードの心理学講義』 ブライアン・R・リトル著　大和書房)

매니저의 가장 중요한 일

(『マネージャーの最も大切な仕事』 テレサ・アマビール、スティーブン・クレイマー著　英治出版)

최강의 자기분석(『最強の自己分析』 梅田幸子著　中経出版)

평범한 사고는 버려라(『平均思考は捨てなさい』 トッド・ローズ著　早川書房)

참고논문

가치관 리스트(価値観リスト：W. R. Miller, et al. (2001)Personal values card sort. Albuquerque: University of New Mexico)

가치관 질문

(価値観の質問：T. Eurich(2018)What self-awareness really is (and how to cultivate it))

세상에서 가장 쉬운
하고 싶은 일 찾는 법
인생의 막막함에서 해방되는 자기이해 방식

2022년 4월 6일 1판 1쇄 발행
2024년 2월 15일 1판 8쇄 발행

지 은 이 | 야기 짐페이
옮 긴 이 | 장혜영
발 행 인 | 유재옥

이 사 | 조병권
출판본부장 | 박광운
편 집 1 팀 | 박광운 최서영
편 집 2 팀 | 정영길 조찬희 박치우 정지원
편 집 3 팀 | 오준영 이해빈 이소의
디자인랩팀 | 김보라 박민솔
디지털사업팀 | 박상섭 김지연 윤희진
라이츠사업팀 | 김정미 맹미영 이윤서
영업마케팅팀 | 최원석 박수진
물 류 팀 | 허석용 백철기
경영지원팀 | 최정연
제 작 | 코리아피앤피
외부편집자 | 성명신
외주디자인 | 올디자인 그룹

펴 낸 곳 | ㈜소미미디어
출판등록 | 제2015-000008호
주 소 | 서울시 마포구 토정로 222번지, 403호(신수동, 한국출판콘텐츠센터)
전 화 | 편집부 (070)4164-3960, (070)4253-9250
마케팅 (070)8822-2301, Fax. (02)322-7665

ISBN 979-11-384-0764-9 03830